Aryé Baumzecer

Un Coeur à haut potentiel

ISBN numérique : 9791040544005

EAN papier : 9791040544012

Librinova

Courriel : contact@librinova.com
Internet : www.librinova.com

« Ainsi, lecteur, je suis moi-même la matière première de mon livre. »

Les Essais — Montaigne

À mes enfants, Sacha et Samanntha

Amie lectrice, ami lecteur, vous êtes sur le point d'embarquer à bord d'un joli conte. La croisière commencera à Paris à l'aube des années 2000 et s'achèvera quelque 50 ans plus tard en terre bretonne. Une escale conséquente aura lieu en Côte d'Ivoire. Les courants pourront être turbulents. On annonce cependant des épisodes de brise poétique.

Nous vous souhaitons une agréable escapade littéraire.

Le créateur d'Un Cœur à haut potentiel

Prologue

Comment le réchauffement climatique remodela le pays

Lille, été 2026

Le mois de juillet tirait à sa fin. Il avait été caniculaire dans le sud de la France. La sécheresse grappillait toujours un peu plus du terrain et seules les extrémités occidentales et septentrionales du pays tentaient de résister vaillamment aux assauts du réchauffement climatique. La Côte d'Azur ne faisait plus recette et Cannes, Nice, Saint-Tropez ne suscitaient plus le rêve. Au fil des années, les yachts démesurés et rutilants avaient migré vers des ports évoquant la sidérurgie du siècle dernier : Calais, Dunkerque en France, Ostende et Zeebrugge, en Belgique. Délaissés hier, ces lieux étaient aujourd'hui en vogue.

Le vieux Nice faisait piètre figure avec ses fontaines assoiffées réduites à l'état d'ornements stériles. Sur la mythique Promenade des Anglais, des touffes d'herbe jaunâtre émergeaient entre les dalles disjointes et les palmiers pleuraient leur triste feuillage.

L'arrière-pays niçois n'était pas en reste.

Oublié, Vence et ses vieilles pierres.

Oublié, Vallauris et ses poteries.

Oubliés, les champs de lavande aux senteurs enivrantes.

Les sols étaient craquelés et désertiques.

Çà et là, solitaires, quelques résineux broussailleux avaient su résister et s'adapter à la torride déferlante. La température avoisinait fréquemment les 40 degrés.

À Lille, sur le grand boulevard de la Liberté, les Mercedes électriques et autres Toyota à hydrogène dansaient leur ballet... Parfois, on apercevait un véhicule à moteur thermique, vestige du passé.

De la fenêtre de sa chambre d'étudiant, Yann assistait à une chorégraphie bien plus attrayante : celle millénaire de l'astre solaire. Le ciel dégagé le mettait aux premières loges pour déguster le superbe coucher de soleil.

Il prit son antique Canon EOS 5000 et immortalisa l'horizon orangé.

Son canapé neuro-connecté activa ses capteurs sensoriels et s'adapta à l'état émotionnel de son propriétaire. Il vira au rouge vif. L'image de Leïla venait de traverser l'esprit de Yann.

Demain, c'est décidé, je lui parlerai...

L'intelligence artificielle du sofa s'ajusta aux exigences ergonomiques programmées. Yann referma la fenêtre et s'y affala avec délice.

Son automate détecta un désir de bande dessinée, se dirigea vers la bibliothèque et rapporta un album de Kid Paddle.

Il préférait la version papier. Il aimait le contact avec la matière, cette sensation tactile d'une époque révolue.

La vie est tellement saturée de pixels...

Il appréciait l'humour frais et décalé de cette bande dessinée, à l'opposé des séries plébiscitées qui déroulaient des planches phagocytées par des dragons et autres créatures monstrueuses.

Les capteurs sensoriels perçurent sa soif. Le robot se mit en action. Ses petites roulettes le dirigèrent vers le réfrigérateur. Il revint avec une canette de lait de soja à la fraise, se positionna au bord des lèvres de Yann. En coulant dans la bouche, le doux liquide sirupeux émoustilla les papilles.

Il ne put s'empêcher de sourire en repensant aux yeux écarquillés de son arrière-grand-mère Marie-Louise devant toutes ces évolutions technologiques. Il dut reconnaître qu'elle se portait bien pour ses 88 ans. Son esprit était toujours aussi alerte, mais elle avait de plus en plus de mal à se mouvoir.

****

Sa Ma-Lou... Dans ses premières années, elle le gardait quand ses parents étaient en déplacement. Elle le couvrait de cadeaux et de tendresse, lui consacrait du temps et de l'attention.

Sa Ma-Lou... C'était maintenant une bien vieille femme au visage ridé comme une pomme défraîchie. Ses grands yeux bleus étaient cependant encore avides de vie.

****

Elle avait traversé la Seconde Guerre mondiale. Son père, pasteur, cachait des enfants juifs dans leur maison du Chambon-sur-Lignon. Il n'avait pas hésité à risquer sa vie pour être en accord avec sa conscience, pouvoir comme il le disait, se regarder dans la glace.

Il avait très tôt voulu transmettre ces valeurs à sa fille. Une partie de sa famille avait durement payé l'audace de sa résistance et avait été exterminée dans les camps de concentration nazis. Marie-Louise avait côtoyé David, pendant ces années difficiles. Un peu plus âgé qu'elle, il avait été son partenaire de jeux, un grand frère aussi. Cette période, loin de l'insouciance à laquelle une fillette aurait pu prétendre avait, été le terreau dans lequel s'était progressivement construite une femme à la fois forte, insoumise et empathique.

Elle avait, lors du vingtième anniversaire de la libération du village, retrouvé son David. Elle était tombée sous le charme du beau jeune homme qu'il était devenu, et cela avait été réciproque. Il était venu vivre avec elle en Auvergne. Ils avaient été un couple solide, bien qu'ils n'aient jamais voulu se marier. Ils avaient fondé dans les années soixante-dix une école pour enfants déscolarisés, dans la mouvance des pédagogies nouvelles. Ils s'étaient installés à Paris pour la retraite. Très dynamiques, ils s'étaient investis dans le combat écologique.

Elle aurait pu sombrer dans la dépression après le décès de son David, mais Yann lui avait maintenu sa soif de vivre à flot.

Le temps était passé, mais le traumatisme laissait ses traces insidieuses, et si elle faisait semblant de s'en distancier, personne n'était dupe. Lorsqu'elle parlait de cette période sombre, c'était comme si elle contait une histoire qui ne la concernait pas. Elle finissait toujours en disant « Mais je t'embête, avec mes souvenirs de la guerre. Un beau garçon comme toi a mieux à faire qu'écouter une vieille bonne femme ».

****

Le jeune étudiant s'extirpa de sa rêverie et se promit d'appeler sa grand-mère pour prendre de ses nouvelles. Son incartade dans ce passé nostalgique l'avait rendu songeur. L'intrépide Kid Paddle le ramena dans le présent et il ne put s'empêcher de s'esclaffer devant les gags désopilants de l'attendrissant garnement.

Première partie

Premier chapitre

Où le lecteur découvre les parents de Yann

Paris, année 2005

Jonathan Chandelis, le père de Yann, était médecin.

Il avait achevé sa formation par un brillant doctorat en virologie et s'était spécialisé dans la lutte contre le sida. Cet homme talentueux, travailleur, méticuleux, charismatique, était rapidement devenu un chercheur de renom.

Entouré d'une équipe motivée, il menait un combat acharné contre le virus malin. Après s'être investi dans plusieurs associations humanitaires, il avait pris les commandes du département Afrique de Sidaction.

****

Sarah Bernbaum, la mère de Yann, était chanteuse. Elle avait étudié au Conservatoire de Paris. Une fois diplômée, elle avait créé une formation, le Multicultural Progressiv Band. La mixité culturelle des musiciens (Sarah était française, Nora au saxophone Libanaise, Annouche à l'accordéon iranienne et Jared à la batterie, colombien) générait des mélodies innovantes, aux accents latinos, arabisants, manouches, jazzy. Le groupe, aux textes résolument engagés, avait assis sa notoriété dans les milieux écologistes et altermondialistes, avant d'éclore comme une valeur sûre.

Jonathan avait rencontré Sarah lors d'un concert caritatif. La prestation finie, il avait invité la jeune femme à partager une boisson en terrasse. Entre humanitaires, ils s'étaient rapidement compris et avaient eu des échanges passionnés. Lui avait succombé à son charme, elle à son charisme.

Et c'est ainsi que commença la romance de l'homme de sciences et de la chanteuse aux paroles mâtinées de poésie et de sens.

Au-delà de leurs engagements communs, ils avaient très vite ressenti une puissante complicité.

Leur relation avait, au fil des rencontres, gagné en intensité. Ils se découvraient avec délice. Ils jugèrent, au bout de quelques mois, le temps venu de vivre ensemble et aménagèrent un nid d'amour au cinquième étage d'un immeuble haussmannien. C'est en toute logique qu'ils finirent par se fiancer.

Par une belle journée de l'été 2006, leur fils, Yann, vint au monde.

Deuxième chapitre

Où un simple mail est en mesure de bouleverser l'ordre des choses

Un matin de mars 2010, Jonathan reçut sur sa boîte mail un message de son acolyte de Sidaction Bretagne. Celui-ci était bref, son contenu lapidaire.

Appelle-moi, je viens d'avoir une conversation qui pourrait s'avérer productive pour toi.

Amicalement,

Yves

Intrigué et impatient, il attrapa son téléphone.

— Salut, Yves !

— Content de t'entendre, mon pote !

— Cette conversation productive, c'est quoi ?

— Le catamaran *Formule Tag*, ça te dit quelque chose ?

— Rien du tout.

— Arrête ! Il a gagné le Trophée Jules Verne, c'est une légende, ce cata !

— Je suppose que tu ne m'as pas contacté pour me parler bateau ?

— Non, bien sûr ! Figure-toi que le voilier a été racheté par l'association *Plus loin, plus propre*.

— Celle de Marc Jafred, l'ancien ministre de l'Écologie ?

— Tout juste ! Il a fait couper le mât pour le transformer en navire de recherche scientifique. Maintenant, il fonctionne au solaire, à l'hydrogène et l'éolien. Il l'a rebaptisé *Sea Observer*. Il sillonne le monde dessus.

— OK, et où tu veux en venir ?

— Le bateau a accosté à Saint-Malo. On a longtemps échangé ensemble. Je lui ai parlé de ton projet franco-africain de coopération médicale. Et devine quoi ? Il est partant pour t'apporter son aide !

— Ce n'est pas un peu précipité, tout ça ?

— Je t'ai connu plus enthousiaste, Jon !

— Je te dis ça par expérience... il faut parfois éviter de s'enflammer trop vite !

— Réfléchis, en tout cas ! On peut profiter de l'aura médiatique du concept *Sea Observer* pour trouver des sponsors !

— Tu penses aux labos ? interrogea Jonathan.

— Eux ? S'il n'y a rien à gagner, ils ne miseront pas un clou. En revanche, si on les allèche par l'odeur du profit, alors c'est banco !

— Je suis chercheur, pas commercial !

— À d'autres ! Je t'ai déjà vu à l'œuvre !

Il y eut un silence pendant lequel Jonathan essayait de jauger la proposition.

— Bon... Toi, creuse avec Jafred. Moi j'y réfléchis. J'aimerais aussi avoir l'opinion de Sarah.

— Ah, si tu n'avais pas ta femme, qu'est-ce que tu serais ?

— Un avis féminin est toujours judicieux !

— Alors, pensez bien, tous les deux ! À la revoyure !

Lorsque Jonathan eut raccroché, il ferma la porte de son bureau, et dans le calme, tenta de structurer ses idées...

Certes, cela pourrait représenter un soutien fort... encore fallait-il que tout soit bien ficelé.

Ce n'était pas pour lui déplaire de se rendre en Afrique sur un bateau écologique, de pouvoir donner une place centrale aux chercheurs africains, eux dont la parole avait souvent peu d'échos dans les grands colloques. Ce serait une belle revanche sur l'histoire si une réussite médicale d'envergure provenait du continent noir. S'il voulait mener à bien ce projet, si celui-ci s'avérait viable, cela signifiait quitter la France, et pour plusieurs années. Y était-il prêt ? Et il n'était pas seul, il avait une famille.

Il faut que j'en parle à Sarah

Le soir venu, il aborda le sujet.

****

— J'ai eu Yves Kefandelec au téléphone !

— Tu as eu Kef ?

— Figure-toi qu'il a rencontré Marc Jafred. Il est en escale à Saint-Malo. Il sillonne le monde sur son bateau expérimental.

— L'ex-ministre écolo ? Il ne doit plus être tout jeune !

— Non, mais il a toujours la tête pleine de projets !

— Il lui a parlé de la coopération avec l'Afrique pour la recherche sur le sida. Il est intéressé !

— Et il veut s'y associer ?

— Tu as vu juste, ma belle !

— Quand il téléphone, Kef, c'est qu'il a une bonne raison de le faire ! Et concrètement, qu'est-ce que ça signifie ?

— Il propose de profiter de l'impact médiatique du bateau pour partir mener un programme d'étude scientifique.

— Ça voudrait dire aller habiter là-bas ? Et j'imagine que ce ne sera pas que pour quelques mois !

— Tu as vu juste ! Qu'est-ce que tu en penses ?

— Écoute, ne te précipite pas, laisse mûrir les choses.

— Sage décision !

Quelques jours plus tard...

— J'ai bien réfléchi, dit Sarah. Je te conseille de t'arranger pour échanger avec Jafred en direct, juger si l'idée tient la route... Il s'enflamme vite, tu sais, Kef !

— Ça ne devrait pas poser de problème. Yves me donnera son numéro. Sinon, j'ai gardé des contacts au ministère de l'Écologie qui pourront me l'obtenir.

— Évoque bien toutes les questions techniques. Ce n'est pas un chercheur !

— Tu es une assistante de choc... et de charme !

— Merci, mais n'oublie pas que c'est toi qui m'as si bien formée !

Après un temps de réflexion, elle reprit.

— L'idée de se rendre en Afrique est séduisante. C'est mon ADN de découvrir, échanger et professionnellement parlant, ce serait une richesse. C'est la marque de fabrique de notre groupe de se nourrir de multiples cultures. Mais tu as pensé à Yann. Il va avoir cinq ans. Si vous vous donnez trois ans de préparation pour concrétiser le projet, ce qui me paraît un délai raisonnable, il aura environ huit ans au moment du départ !

— Ceci dit, cela peut s'avérer d'une grande richesse pour lui !

— Tu es sûr que ça ne le perturberait pas ? Avec nos carrières, nous sommes déjà trop peu présents... Il a besoin de parents qui lui consacrent du temps et de l'attention !

— Tu as raison. Mais ce serait une occasion de nouer des liens solides. Et puis il découvrira d'autres cultures. Il en ressortira plus fort, plus mature.

— C'est vrai, tu n'as pas tort, conclut Sarah.

Jonathan rappela Yves Kefandelec quelques jours plus tard.

— Salut, Yves ! Je suis d'accord pour réfléchir avec Jafred à la faisabilité du projet.

— Ta femme t'a donné ton bon de sortie ?

— Arrête avec ça ! Trouve-moi plutôt son portable pour que nous puissions ensemble.

— C'est comme si c'était fait. Je te l'envoie par texto !

Troisième chapitre

Où deux hommes d'envergure ébauchent des plans

Jonathan appela Jafred dès qu'il eut récupéré le numéro. Les deux hommes sympathisèrent rapidement. Marc était fasciné par la recherche médicale, domaine qu'il connaissait peu. L'idée de contribuer à la lutte contre le sida l'enthousiasmait.

La conversation téléphonique ayant ses limites, ils se donnèrent rendez-vous dans une brasserie parisienne.

L'ancien ministre fit marcher son carnet d'adresses et communiqua à Jonathan les coordonnées des personnes influentes à contacter. Il avait apporté les plans du *Sea Observer.* Ils les étudièrent et constatèrent qu'un certain nombre de modifications techniques s'avéraient nécessaires pour transformer l'ex-voilier de course en laboratoire flottant. Ils sollicitèrent les chantiers navals de Saint-Nazaire pour établir des devis. Jonathan rédigea des appels à projets à destination des principaux instituts de recherche français et africains et joignit les ministères concernés. Puis il constitua une liste de scientifiques susceptibles de participer à la mission. Enfin, il travailla à la rédaction des protocoles.

Marc, de son côté, géra la communication. Usant de sa notoriété, il parvint à rallier de grands groupes à sa cause. Ils baptisèrent l'opération *Les Vaccins de l'amour.* Elle serait pilotée par Sidaction en France et Arcad Sida en Afrique.

****

Plusieurs pays africains furent candidats pour accueillir la mission. Ce fut la Côte d'Ivoire qui fut retenue par l'Organisation des États africains. Le bateau *Sea Observer* serait basé dans la lagune d'Abidjan. Les chercheurs qui décideraient de se joindre à la campagne scientifique se verraient proposer des villas afin d'y loger avec leurs familles.

Deux équipes furent constituées. Elles firent connaissance lors d'une vidéoconférence. Puis, chacune se prépara sur son continent.

****

Les devis revenus des Chantiers de l'Atlantique furent étudiés puis acceptés. Pour être en accord avec les objectifs de recherche, le navire fut rebaptisé *Seada Observer.* Il prit la mer vers Saint-Nazaire où il allait être modifié sous la supervision du docteur Chandelis.

Quatrième chapitre

Où le lecteur entre dans l'histoire de Yann

Lorsque l'on a des parents d'exception, il n'est pas toujours évident de trouver sa place. Dès sa petite enfance, Yann en avait souffert. Son père était peut-être une sommité dans son domaine, mais c'était un piètre papa. Il avait du mal à être là, même quand il l'était. Il disparaissait régulièrement, des jours, des mois, des éternités, pour revenir les bras chargés de présents, comme pour se faire pardonner. Mais on n'achète pas l'amour d'un enfant avec des cadeaux.

De cela, Jonathan n'en avait que trop conscience. Comme beaucoup de grands scientifiques, il vivait dans son monde, et ça l'attristait, car il aurait tant voulu être un papa *normal*.

Yann essayait de percer cet être énigmatique et inaccessible. Dans ses fantasmes, il l'imaginait en justicier, résolvant des affaires alambiquées (il aimait bien ce mot, même s'il n'en connaissait pas la signification). Dans la réalité, il le voyait à la télé, tenir des discours abscons (cela aussi, c'était drôle), c'était bien la preuve qu'il avait une double vie. Papa maladroit le jour, et Robins des Bois la nuit.

Sa mère, elle, était inégale. Tantôt aimante, tantôt distante.

Avec elle, il ne savait jamais à quoi s'attendre. Elle pouvait passer d'un amour envahissant à une froideur déroutante. Il avait dû, pour se protéger, se construire une carapace.

Ce qu'il ignorait, c'est que la sœur jumelle de sa maman était atteinte d'un cancer, et que les écarts de comportement de celle-ci suivaient le rythme des bulletins de santé.

Comment trouver les mots pour expliquer à un enfant que celle qu'il chérissait tant avait une maladie potentiellement mortelle ?

Sarah se sentait impuissante à aborder le sujet.

Mais cela rendit l'irruption brutale et froide de la réalité encore plus traumatisante.

Lorsque tante Elisabeth décéda, il n'y eut plus de parapet de sécurité possible. Pour Yann, ce fut comme un coup de poignard dans ses chairs à vif. Il perdait celle qu'il adorait, et apprenait d'un coup l'injustice au goût âpre de la vie.

Cinquième chapitre

Où Yann prend conscience des conséquences

Yann allait sur ses 7 ans. Il était en train de jouer avec sa console FIFA. Sur son écran, il avait agencé les écussons des 20 clubs de ligue 1. Il y avait les Dogues de Lille, les Gones de Lyon, les Aiglons de Nice... et il organisait un championnat de France de football virtuel. Cela le passionnait.

Son père passa dans son champ de vision. Il était vêtu d'un costume et tirait une petite valise.

— Bonne journée à Nantes, lui cria Sarah.

— Maman ! Nantes, c'est « les Canaris » ! s'exclama Yann.

— Les canaris ?

— Oui, Les Canaris, c'est le surnom du club de foot de Nantes. Parce qu'ils jouent en jaune.

— Ah... malheureusement, papa ne va pas voir un match de football.

— Il va faire quoi, là-bas ?

Sarah se dit que Yann lui fournissait l'occasion d'aborder le sujet.

— Il va surveiller des travaux sur un bateau !

— Il va faire une course ?

— Pas vraiment, non ! C'est pour son travail... tu sais, le sida. Quand les réparations seront finies, il va partir en mission en l'Afrique.

— Et nous, on va rester ici ?

— Justement, on voulait t'en parer. On va l'accompagner... mais ce n'est pas pour tout de suite.

Une sombre pensée parvint à la conscience de Yann. La joyeuse insouciance s'effaça de son visage. Il se rembrunit, comme si les conséquences de ce qu'il venait d'entendre assaillaient son cerveau.

— On va partir là-bas ? ... Et mes copains ?

Ce que Sarah redoutait était arrivé.

— Tu... tu... les verras à ton retour, bafouilla-t-elle.

— Et pourquoi vous ne m'avez rien dit !

— On allait le faire, mon amour... on attendait juste le bon moment !

Il fut pris par une bouffée de colère.

— Avec vous, ce n'est jamais le moment ! On ne me demande jamais rien dans cette maison... De toute façon, je sais que vous ne m'aimez pas ! hurla-t-il.

Puis il rentra dans sa chambre, claqua la porte et verrouilla la serrure.

Sarah se précipita à sa suite et toqua.

— Yann, mon amour, il faut que tu m'ouvres !

— Laisse-moi, je veux plus te parler !

Alors, elle se lança dans un monologue désespéré.

— Écoute, on aurait dû te le dire plus tôt. On s'excuse. Mais ce n'est pas facile pour nous non plus, tu sais. C'est le travail qui décide. Je comprends que tu sois triste et en colère. Mais pense à tout ce que tu vas pouvoir faire d'exceptionnel, que tes amis ne connaîtront sans doute jamais : tu vas être sur un bateau, papa va t'emmener plonger, tu verras des poissons magnifiques, ce sera fabuleux. Moi, je t'apprendrai le chant, le piano, ce sera merveilleux ! Et puis il y aura des ordinateurs, tu pourras échanger avec tes copains, leur raconter les choses extraordinaires que tu fais.

— Ce n'est pas vrai ! Tu mens ! Tais-toi !

— Yann, mon amour !

— Laisse-moi tranquille.

Un lourd silence s'installa. Alors, le cœur ravagé par la peine et la culpabilité, Sarah accepta de se taire. Elle avait compris que toute tentative d'explication ou de justification était vaine. Pour le moment en tout cas.

Il lui faut du temps, c'est normal.

****

Yann s'était pelotonné sur son lit. Il tenait très fort son ours contre lui.

— Mon Papillotte, je suis très triste.

— Tu sais, répondit la peluche, quand j'étais petit, j'avais plein de frères et de sœurs. Un jour, on nous a séparés de force. Moi, on m'a exposé dans un magasin. J'étais seul et apeuré. J'ai beaucoup pleuré. Puis, tu es venu, tu m'as choisi et emmené dans ta grande maison. Au début, j'étais encore malheureux. Et puis, on a appris à se connaître, et on est devenu les meilleurs amis du monde.

— Tu ne penses plus à tes frères et sœurs ? interrogea Yann.

— Si, bien sûr ! Moi, je les ai perdus. Toi, tu auras la chance d'avoir un ordinateur sur le bateau pour communiquer avec tes copains... et tu les retrouveras à ton retour.

— Alors, toi aussi tu savais déjà qu'on allait partir ?

— Les ours en peluche savent toujours tout.

— Moi, je crois que maman ment pour me convaincre.

— Non, tu sais bien que les parents ne veulent que le bien de leur enfant. Tout n'est pas négatif. Tu vas faire de la plongée, de la musique. Et puis n'aie crainte, je serai avec toi...

— C'est vrai ?

— Ben oui ! Sauf si tu m'oublies...
— Oh, merci mon Papillote.

Il le prit et le lova au creux de son épaule.
— Raconte-moi une histoire, demanda l'ours !
— Laquelle ?
— Celle que je préfère... tu sais bien !
— Celle de l'ourson qui a la frousse ?
— Mmm ! D'une voix douce, Yann se mit à conter...

Parce que la lune est rousse et que le petit ours à la frousse,
Il se cache sous la mousse et appelle sa mère à la rescousse...
Mais un ours qui se cache sous la mousse,
Ça n'existe pas, ça n'existe pas...
Et pourquoi pas ?
Parce qu'un ours qui s'appelle Papillote,
Qui est aussi doux qu'une marmotte,
Et s'adonne à la parlotte,
Ça n'existe pas, ça n'existe pas...
Et pourquoi pas ?
Parce que...

Papillotte s'était endormi. Il le posa sur l'oreiller. C'était bon d'avoir un ami.

****

Sarah s'était affalée sur le canapé et avait fondu en larmes. Elle avait essayé de joindre Jonathan, mais il était sur messagerie. Elle lui laissa un texto.

Quelques minutes plus tard, le mobile de Sarah vibra.

— Allo, je te remercie de m'appeler.

— Tu as pleuré, ma chérie. Je l'entends à ta voix... Il s'est passé quelque chose de grave ?

— Non... enfin, oui... J'ai parlé de notre départ à Yann, et il l'a très mal pris. Il s'est enfermé dans sa chambre.

— C'est problématique qu'il le prenne ainsi... mais je m'y attendais. Écoute, essaie de le rassurer, et on en discutera tous les trois quand je rentrerai. Je comprends que ce soit dur pour toi, ça l'est également pour moi, pour lui. Je suis à 400 kilomètres de vous, je ne peux que penser à toi. Détends-toi et n'hésite pas à me rappeler.

Sarah prit un magazine, mais ne parvint pas à lire. Soudain, elle entendit un cliquetis. La porte de la chambre s'ouvrit. Yann en sortit et se jeta dans les bras de sa mère.

— Excuse-moi, maman, ne crois pas à ce que je t'ai dit, je t'aime !

Et leurs larmes se mélangèrent...

Lorsque Jonathan rentra de Nantes et vit sa femme et son fils, joyeux et détendus, jouant à *Jungle Speed*[1], un grand sourire se dessina sur ses lèvres.

— On dirait que les choses ont bien évolué depuis ce matin !

1. Jeu de concentration et de rapidité

Sixième chapitre

Où Sarah et Jonathan préparent l'aventure humanitaire

Sarah et Jonathan avaient décidé que les conditions de cette mission de recherche permettraient de tisser des liens avec leur enfant. Ils souhaitaient profiter de ce contexte extraordinaire pour devenir des parents *presque* ordinaires.

Il y aura bien assez de chercheurs et d'informaticiens, il suffira de déléguer.

Ils disposeront alors de l'immensité des flots pour s'apprivoiser, réparer les blessures.

Bien avant de partir, Sarah avait acheté *Pour une éducation ludique,* le best-seller de Flavine Pernelle. L'auteure y expliquait le rôle fondamental du jeu, excellent médiateur pédagogique. Elle était convaincue de l'importance de la conjonction de trois facteurs pour un apprentissage réussi : le plaisir, la confiance et le sens donné aux contenus. L'adulte devait se montrer à l'écoute, créatif et bienveillant.

Sarah avait adoré ce livre. Elle en avait partagé les grandes lignes avec son mari, qui l'avait également lu.

****

Jonathan avait, plus jeune, pratiqué la plongée. Les contraintes onéreuses de l'activité l'avaient amené à mettre un terme à ce loisir. Il se promit de profiter de la semaine de préparation pour compléter sa formation d'initiateur subaquatique. Il pourrait ainsi accompagner son fils sous l'eau, en sécurité et en conformité avec la loi. Il voulait l'éveiller aux richesses du monde sous-marin. Vivre des expériences intenses ne pouvait que renforcer leurs liens.

Sarah aussi affinait ses projets. Elle souhaitait enseigner le chant à son enfant. Elle demandera l'installation d'un piano sur le catamaran. La présence de l'instrument à bord lui permettra de proposer des mini concerts dans la lagune d'Abidjan. Cela sera une excellente façon de se laisser influencer par les échanges, les cultures, et ainsi enrichir son répertoire déjà bien métissé.

Chacun organisait minutieusement son programme.

Avant le départ, tous les membres de l'équipe de recherche se retrouvèrent dans un hôtel malouin pour une semaine préparatoire. Comme il se l'était promis, Jonathan valida son échelon d'enseignant de plongée.

****

Arriva le grand jour, un matin d'été 2014.

Trois ans s'étaient écoulés depuis les premiers échanges avec l'ancien ministre de l'Écologie, trois années pour faire d'un projet une réalité.

Vint le moment émouvant des adieux. Les badauds qui passaient par là observaient intrigués ce navire sans voile baptisé *Seada Observer.* Marc Jafred était présent et contemplait son bateau, sur lequel, pour la première fois, il ne serait pas. Jonathan lui avait pourtant proposé de se joindre à l'opération, mais il avait décliné.

« Je suis un humanitaire, pas un scientifique... et mine de rien, les années pèsent sur ma carcasse de baroudeur ».

Cependant, dans la nostalgie du moment, il commençait à regretter. Jonathan apparut sur le pont. Visiblement ému, il appela l'attention de tous et prit la parole.

Chers amis, vous êtes tous venus me voir,
Cela est pour moi le plus chaud des au revoir.
Même si ce défi peut s'apparenter à une mer à boire,
Il m'était inconcevable d'y surseoir,
Je m'y lance, plein de ferveur et d'espoir.
Je pars, solitaire, sur ce bateau qui est révolutionnaire...
Vous voyez, ici, pas de voilures outrancières,
Que des panneaux solaires, des turbines qui tournent à l'air,
Le tout géré par des ordinateurs paramétrés en mode binaire.
Ne vous inquiétez pas, j'assure, j'assume, j'en fais mon affaire...
Et si vous pensez qu'elle est cruelle, la mer,
Qu'elle engloutît les âmes, les aspire vers l'enfer,
N'ayez crainte, j'ai le mental pour trois cerbères.
Je vous invite une dernière fois à mon bord,
Une dernière fois être à vos côtés,
Une dernière fois en profiter,
Avant ces longues coudées de traversée,
Ces interminables journées d'éternité,
Où l'horizon est sans raison et la mer est un corset...
Laissez-moi encore une fois humer votre peau, vous caresser,
Vous étreindre de mille baisers.
Et si la mer est mon amante, une maîtresse parfois calme, parfois déchaînée,
Vous êtes sur cette Terre ce qui m'est le plus cher.

Tous applaudirent longuement. Ils connaissaient l'homme, le chercheur, l'humaniste, ils venaient de découvrir le poète.

****

Lorsque le *Seada Observer* leva l'ancre, Yann avait huit ans.

Il observa les hommes d'équipage larguer les amarres. Le bateau s'éloigna du quai. Il lui sembla qu'il en était de même de sa vie d'avant...

C'était la première fois qu'il s'embarquait pour une longue traversée. Son unique expérience en mer se limitait à un trajet Saint-Malo – Jersey. Il n'était alors qu'un petit enfant, et, dans l'excitation du moment, il n'avait pas pris le temps de ressentir. Maintenant, c'était différent. Il n'était plus ce garçonnet. Il était un membre d'une équipe, fier et anxieux à la fois.

****

Le navire venait de sortir du port, le ciel était bleu azur, la mer émeraude. Yann ferma les yeux et laissa le soleil caresser sa peau. En l'absence de stimulations visuelles, il put se centrer sur ses sensations et expérimenter le doux balancement du catamaran sur l'eau.

Je ne suis plus sur la terre ferme, ça tangue !

C'était agréable, mais il savait que dès que les flots s'agiteraient, le mal de mer aurait tôt fait de l'assaillir. Il chassa cette idée peu plaisante de son esprit, préférant s'imprégner de ce moment étrange et singulier.

De la poupe, il apercevait Saint-Malo qui n'était plus qu'un vague îlot d'où émergeait le clocher de la cathédrale. À la proue, il était happé par l'immensité de la mer bleue infinie qui s'offrait à lui. Il la voyait se fondre dans les limites indéterminées de l'horizon.

Il emplit d'air ses poumons et se laissa envahir par les effluves iodés que véhiculaient les embruns marins. Du regard, il suivit les mouettes effectuer leur ballet aérien. Parfois, l'une d'elles descendait en piqué, fendait l'eau, et remontait quelques instants plus tard, victorieuse, le poisson convoité dans le bec.

****

Le soleil était dans sa course descendante et ses rayons scintillaient sur les vaguelettes comme une infinité de lucioles mobiles et luminescentes. Il appréciait ce cadeau somptueux de l'univers. Il avait toujours eu un excellent rapport avec la nature.

L'ambiance était particulière, figée, intemporelle. Lui était excité, comme investi d'une mission dont il ignorait l'issue. Bientôt, il ne serait plus un enfant. Bientôt, les portes de la préadolescence s'ouvriraient à lui et il savait que cette expédition allait accélérer le processus. Qu'allait-il perdre, qu'allait-il y gagner ? Une nouvelle vie s'offrait à lui. Et cela lui faisait à la fois peur et envie.

Nostalgique, il descendit à sa cabine. Sa valise était posée sur sa couchette. Il l'ouvrit. Son compagnon était sagement allongé, entre les chemises et les chaussettes. Il le sortit et le prit dans ses bras.

— Mon Papillote, comme je suis content que tu sois avec moi. Avec toi, je serai rassuré !

Le vieil ours en peluche, ami de toujours, lui répondit :

— Tu n'as rien à craindre. Je suis là, tes parents aussi. Tu vas vivre une aventure extraordinaire. Tu auras plein de choses à raconter à tes copains quand tu rentreras !

J'aurai tout oublié d'ici là !

— Et si tu écrivais un journal ? Ça t'aidera à te rappeler ! Et la maîtresse ne t'a pas dit que tu étais doué pour l'écriture ?

— C'est vrai... merci pour l'idée, j'essaierai.

— Pas de quoi !

Yann enlaça Papillote, lui fit un gros câlin et l'installa avec soin sur une étagère. Il sortit un cahier. Il écrivit sur la première page » Mon journal de bord ». Puis, il le rangea dans son petit bureau, souffla un bisou à son vieil ami et rassuré, remonta sur le pont.

Septième chapitre

Où Yann découvre l'Afrique, les Africains... et ses parents

Lagune d'Abidjan

La traversée dura une quinzaine de jours. Cela permit à l'équipe de peaufiner son protocole de recherche. Et le couple Chandelis en profita pour consacrer du temps à leur enfant comme ils se l'étaient promis.

Dans la solitude des vagues, Jonathan raconta à son fils son métier, ses doutes, ses joies. *« Tu as la chance d'être né dans un pays comme la France... tu ne dois jamais l'oublier. La planète est fragile, il faut en prendre soin »*. Ils avaient fini par se découvrir tous les deux, s'apprivoiser. Ils explorèrent ensemble le monde sous-marin. Ils vécurent de formidables aventures au milieu de poissons aux couleurs chatoyantes.

****

Yann regardait, fasciné, les corolles de bulles indisciplinées...
Les gouttelettes se frayaient un chemin au travers des strates marines,
Et irisaient la surface de la mer d'une effervescence juvénile...
Elles étaient irrémédiablement attirées vers un illusoire paradis de lumière,
Telles des cohortes de lucioles phosphorescentes et affolées.

****

Avec sa mère, les rapports aussi avaient évolué.

Elle s'était ouverte à son fils, lui avait parlé du cancer de sa sœur jumelle, de toutes les épreuves qu'elle avait dû affronter, de la douleur de vivre avec une blessure dont elle ne se remettrait jamais. Elle lui avait raconté ses peurs, ses craintes, ses angoisses. Elle avait aussi commencé à lui apprendre le chant, le piano. Il avait fallu cette expédition scientifique pour qu'il découvre qu'il avait deux parents géniaux, qui prenaient enfin soin de lui.

Le bateau écologique accosta une fin d'après-midi dans la lagune d'Abidjan.

Tout l'équipage fut projeté, après la solitude des vagues, dans l'effervescence africaine. Une foule enthousiaste et indisciplinée attendait le *Seada Observer*. De nombreux journalistes étaient présents. Les flashs crépitaient. Des représentants des pays investis dans le programme les accueillirent. Le président d'Arcad Sida souhaita la bienvenue à l'équipe française et se félicita de l'opération mise en place. Il fit un discours émouvant sur la tradition franco-africaine d'amitié et de coopération. Le docteur Ouattara, copilote africain de la mission, loua ensuite la qualité de la recherche médicale africaine, qui, associée à la compétence française, était prête pour de grandes réussites. Il conclut en martelant : « *Ensemble, nous serons plus forts pour vaincre le virus* ».

Le docteur Chandelis remercia ses hôtes.

« Notre projet est ambitieux. Il vise à unir nos forces pour vaincre un virus et parvenir à la réalisation d'un vaccin. Ce ne sera pas facile. Il faudra de l'abnégation, de la rigueur ». Il fut longuement applaudi. Les délégations furent invitées dans un restaurant de spécialités africaines. On leur proposa ensuite d'assister à un match de football organisé en leur honneur : *Les Éléphants de la Côte d'Ivoire* contre *Les Lions indomptables du Cameroun.* Cela ne manqua pas de séduire l'amoureux du ballon rond qu'était Yann.

Tout le monde se coucha fort tard. Une réunion était prévue le lendemain à 10 heures sur le pont du bateau.

****

C'était le matin. Une chaleur moite s'immisçait dans la cabine. Au loin, on entendait le tumulte du port.

Yann ouvrit un œil, puis le referma, se disant que s'il y mettait assez de conviction, il arriverait à rejoindre le rêve qu'il avait été contraint de quitter. Mais la voix douce et tendre de Maiden, la gouvernante de l'expédition, mit fin à ses espoirs.

– Mon petit Chou, il est 9 h 55, c'est l'heure de te lever ! Je t'ai apporté du jus d'orange, du chocolat chaud et des croissants. Tu peux déjeuner dans ta cabine, ou bien avec nous sur le pont, il fait un temps radieux ! Ça te permettra de faire connaissance avec les scientifiques africains ! ... Tu fais comme tu veux. Je te dépose le plateau et je te laisse.

Yann maugréa et s'étira.

Il s'habilla à la hâte et se précipita sur le pont.

L'équipe de travail africaine était attablée.

– Yann, dit Maiden, je te présente les chercheurs d'Abidjan...

– Chers amis, voilà le fils du Docteur Chandelis. Il est timide, mais vous découvrirez vite que c'est un enfant adorable.

Yann n'entendit que le mot *timide*. La connotation négative qu'il donnait à ce terme le mortifia. Il se sentit trahi, humilié par les propos de la pourtant très gentille Maiden. Il se recroquevilla sur sa chaise et se fit mutique. Toutes les tentatives d'échanges furent vaines.

Ils vont me prendre pour un débile…

La matinée commençait mal. Mais les jours suivants s'avérèrent plus prometteurs et Yann se laissa apprivoiser. Ils découvrirent un garçon fort intelligent et astucieux. Ils lui confièrent progressivement des responsabilités.

Et, le soir, comme à la veillée, il buvait leurs paroles, et était emporté par leurs histoires et contes africains.

****

Yann et Maiden devinrent très vite complices et il lui pardonna son petit écart du début. Elle était jeune, c'était pour lui comme une grande sœur.

Elle venait d'Angleterre, ce qui lui donnait un charmant accent. Elle avait l'humour britannique et adorait faire des jeux de mots, avec un français parfois approximatif qui le faisait beaucoup rire. Elle l'aidait d'abord pour ses devoirs, puis ils allaient ensuite se balader dans Abidjan. Ils s'installaient souvent en terrasse et elle lui offrait un *Foutou plantain*, un dessert à base de banane et de manioc, accompagné d'un jus d'*igname*. Puis, ils repartaient en exploration, traversaient les jardins, visitaient les musées.

Sarah avait perçu leur belle relation et cela la comblait d'aise. Elle voyait son enfant heureux et épanoui, et cela suffisait à son bonheur. Elle poursuivait l'éducation artistique et musicale de celui-ci et devait reconnaître que c'était un élève assidu et doué.

Bientôt, ils furent en mesure d'organiser de petits concerts sur le pont du bateau. Maiden s'associait à eux, et, sur le quai, les Africains se pressaient pour écouter avec curiosité ce trio hétéroclite.

Jonathan les rejoignait dès qu'il en trouvait la possibilité. C'était vraiment une autre vie, un autre rythme. Ils essayaient d'en déguster chaque instant.

Huitième chapitre

Où l'on rentre dans le cœur du sujet

Les équipes se mirent au travail. Le *Seada Observer* resta le centre stratégique et décisionnel de l'opération, mais la recherche se déplaça dans des locaux ultramodernes dans la banlieue d'Abidjan, où ils trouvèrent un matériel technique de dernière génération. Des volontaires, porteurs du virus, étaient sur place pour tester d'un éventuel vaccin.

Les docteurs Chandelis et Ouattara s'avérèrent complémentaires. Alors que le Français amenait la rigueur scientifique, l'Africain, très empathique, n'avait pas son pareil pour gérer les aspects relationnels et mettre l'ambiance.

Chaque délégation disposa du temps nécessaire pour exposer ses avancées. Trois axes furent retenus : la modélisation du processus de propagation infectieux, les modifications génétiques du noyau cellulaire, le mécanisme d'inhibition des récepteurs. Trois équipes furent constituées. Les Docteurs Ouattara et Chandelis faisaient le lien entre elles.

Cette période de travail fut longue et laborieuse, avec des espoirs et des déconvenues.

Quand ils jugèrent les avancées suffisantes, les responsables décidèrent de la mise en commun. Ils firent face à une manne considérable de données qu'il fallait structurer. L'ordinateur représenta un allié de poids pour la synthèse de tous les apports. Les jours se succédaient, les semaines s'enfilaient aux mois. Alternant espoirs et doutes, les chercheurs perdaient la notion du temps. Ils ne vivaient que par le sida, ne parlaient que vaccin.

Enfin, d'hypothèses hasardeuses en certitudes prometteuses, leur abnégation finit par se montrer payante et ils parvinrent à synthétiser un prototype de sérum.

Une expérimentation sur les rats s'avérait être une suite logique. Le Docteur Chandelis était hostile à ces expériences animales, mais malheureusement, on n'avait rien trouvé de mieux pour tester les traitements, et la mort dans l'âme, il devait s'y plier.

Ils inoculèrent le virus, puis administrèrent l'antidote. Les premiers résultats furent très décevants. Il fallut comprendre, modifier les dosages, changer les molécules. Un beau jour, un rongeur survécu, puis un autre. On s'accrocha à ces premiers résultats prometteurs. Lorsque le taux de mortalité ne fut plus significatif, on disséqua, on analysa. Ce n'était pas un mirage : toute trace virale avait disparu.

Tous les membres de l'équipe se félicitèrent de cette première victoire. Ils se rendirent compte qu'ils avaient été phagocytés par leurs recherches. Ils réservèrent la soirée dans un restaurant huppé d'Abidjan. Celle-ci fut bruyante et arrosée, et beaucoup la finirent dans un état que la bonne morale réprouverait, mais on leur pardonnera.

****

C'était une vie très agréable pour Yann. Une fois les travaux scolaires effectués, la liberté s'offrait à lui. Il flânait dans le port ou dans la ville, jouait au foot avec des copains africains. Parfois, l'un des membres de l'équipe l'emmenait en bateau pour pêcher, faire une sortie en plongée ou simplement une balade en mer. Il se sentait de plus en plus en harmonie avec la nature. Il aurait pu rester des heures à admirer sa beauté en pensant à la phrase de son père, *« La planète est fragile, il faut en prendre soin »*.

Et chaque soir, il notait quelques mots dans son journal. Une émotion, une réflexion, un évènement...

Comme il était aussi poète, il ne se lassait pas de décrire le scintillement du soleil couchant sur les vagues ou la danse des dauphins autour du bateau.

****

L'Agence africaine du Médicament autorisa la phase d'expérimentation sur l'homme. Les volontaires sur place, les vaccinations purent rapidement commencer. Côté français, les subsides financiers s'amenuisaient et dans les accords signés, il était stipulé que l'opération conjointe était une mission de recherche. La Côte d'Ivoire disposait de structures de pointe pour assurer la phase clinique.

La campagne du *Seada Observer* touchait à sa fin.

****

Trois années de travail en commun avaient soudé des relations humaines intenses. La dernière soirée à Abidjan fut agitée. Ils se quittèrent les yeux rougis. Les séparations furent difficiles. Les officiels qui étaient venus assister au départ remercièrent chaleureusement l'équipe médicale française. Une foule nombreuse était massée sur les quais pour voir partir le *Seada Observer*.

2017 venait à peine de commencer et un chapitre s'achevait.

Neuvième chapitre

Où Jonathan modifie sa stratégie et où Yves Kefandelec réapparaît

Le retour fut, passée la tristesse du départ, une grande fête, une joyeuse croisière. Le docteur Chandelis, lui, était taciturne. Il réfléchissait au coup d'après. Pour lui, les Africains allaient aboutir, c'était évident. Ce n'était qu'une question de temps. Il maudissait l'accord signé avec les laboratoires qui allait faire du précieux sérum un enjeu financier et laissera fatalement des exclus sur le chemin. Et cela lui était inconcevable.

Ce vaccin, quand il existera, devra rentrer dans le domaine public. Il devra être gratuit et obligatoire. La seule façon d'y arriver est de le rendre d'urgence sanitaire.

Pour cela, une loi devait être votée par les Chambres de la République. Le moyen le plus rapide d'y parvenir était le referendum d'initiative partagée. Pour cela, il fallait obtenir l'accord d'un cinquième des députés de l'Assemblée nationale, puis l'adhésion d'au moins 5 millions de citoyens.

Voilà la solution, je vais le faire.

Le soir, il en parla à Sarah. L'idée lui parut exaltante, elle se montra cependant dubitative quant à sa réussite.
— Demande à Yves ce qu'il en pense !

Mais sa décision était déjà prise. En pleine mer, à des milles de la France, il contacta son ami et lui fit part de son projet. Celui-ci était sceptique.
— Réfléchis bien, les lobbies sont puissants. Ces gens sont prêts à tout, tu te casseras les dents dessus.

— Je mesure les risques, mais je n'ai pas le choix. On n'a pas le choix. Nous sommes des humanitaires, nous avons des convictions. Nous nous devons d'aller jusqu'au bout. Et si nous échouons, on pourra se dire que nous avons tout tenté.

— Bien, maître. J'admire ton enthousiasme. Tu as grimpé sur l'échelle de la témérité. C'est l'effet Afrique ?

— Arrête de plaisanter, on ne joue pas avec les vies !

— OK, keep cool, qu'est-ce que tu veux de moi ?

— D'abord, il faut trouver un lieu pour habiter et travailler. J'aimerais que tu prospectes. J'imagine une demeure ancienne, un grand parc, la mer émeraude à l'horizon... Ah oui, ce serait bien qu'il y ait en endroit isolé pour que Sarah puisse faire de la musique sans déranger.

— Rien de plus ? interrogea Yves ironiquement.

— Un bureau pour son association contre le cancer du sein et ce sera parfait !

— Tu ne pousses pas le bouchon un peu loin, là, mon pote ?

— Tu m'as demandé, je te dis. Après, on fera avec la réalité. Pour le prix, tu as carte blanche. En vendant l'appartement de Paris, on devrait récupérer un joli pactole !

— Et la livraison, tu la veux pour quand ?

— Il nous reste une quinzaine de jours avant de rentrer à Saint-Malo. On résidera à l'hôtel le temps qu'il faudra !

— Tu ne me prends pas pour le roi des Amériques, Jon ?

— Je sais que tu as du flair et des relations !

— Merci du compliment, patron !

****

Yves Kefandelec s'attela avec sérieux à la tâche. Sous ses airs débonnaires, il y avait aussi un être opiniâtre et dévoué. Et pour lui, la confiance n'avait pas de prix. Il consulta de nombreux sites immobiliers sur Internet, posa des alertes, rencontra des dizaines de conseillers. Les agences malouines n'eurent plus de secrets pour lui. Il se heurta malheureusement régulièrement à la même réponse : « Ce que vous cherchez est très rare ou inabordable. Dès que l'on a quelque chose, on vous appelle. »

Mais son portable restait désespérément muet. Plus les jours passaient, plus son moral s'assombrissait.

- *Ne te mets pas la pression*

Il était parti faire une balade à vélo pour se détendre lorsqu'il freina net. Sur un joli portail en fer forgé noir, il y avait un écriteau : *À vendre par particulier, manoir et dépendances dans un vaste parc arboré.*

Cette découverte lui donna du baume au cœur et de l'énergie pour appuyer sur les pédales. Sitôt rentré, il téléphona au propriétaire et visita l'endroit dans les jours qui suivirent.

Il l'avait enfin trouvée, la perle rare... une superbe malouinière du dix-septième siècle prénommée *Les Corbières.* Trois cents mètres carrés de surface habitable, six chambres, deux grands bureaux, un hectare de terrain, une piscine, un court de tennis et un pavillon où Sarah pourrait jouer de ses instruments en toute tranquillité. Des boiseries, de l'authentique. Il y avait certes un peu de travaux de rénovation, mais il connaissait du monde dans les domaines du bâtiment et l'artisanat.

Il envoya par mail des photos, un descriptif, des plans, le prix. Jonathan s'empressa d'en informer sa femme.

— Regarde ce qu'Yves nous a trouvé... un manoir tout près de Saint-Malo ! Il y a même des dépendances où tu pourras installer un studio de musique… et répéter en toute quiétude avec tes amis !

– Et un bureau pour ma future association contre le cancer du sein, il y a ?

– C'est prévu !

Sarah fut enchantée. Elle s'était toujours sentie oppressée dans leur appartement parisien et rêvait de vivre à la campagne. Et là, il y avait la mer en plus. Pour éviter de commettre les erreurs du passé, ils en parlèrent à Yann qui apprécia d'être concerté. Il adhéra à la proposition. Lui aussi avait besoin de grand air.

Ils donnèrent leur accord pour l'achat de la gentilhommière *Les Corbières.*

Un îlot de verdure et de calme, à quelques tours de roue de la ville et des embruns marins, c'était l'endroit idéal.

Yves Kefandelec pouvait souffler. Le *Seada Observer* allait bientôt accoster à Saint-Malo.

De son côté, le docteur Chandelis avait retrouvé son énergie, son mordant.

Dixième chapitre

Où Sarah s'improvise créatrice d'intérieur

Sarah avait profité de l'atmosphère maritime paisible pour jouer à l'apprentie architecte d'intérieur. Elle avait pris des feuilles blanches, des crayons, une règle, une gomme et commença à réfléchir à l'agencement de son futur lieu de création musicale.

Parfois, elle s'arrêtait de longues minutes, rêvassait le regard dans le vague, puis se remettait à la tâche, avec encore plus d'ardeur. Elle peaufinait un détail, repensait une couleur, un emplacement.

Bien sûr, elle avait envoyé des mails à ses partenaires musiciens. Ceux-ci s'étaient montrés enchantés de reprendre leur coopération. Chacun avait suivi sa voie, depuis leur séparation.

Nora s'était lancée dans une carrière solo au saxophone et s'était fait une place au soleil.

Annouche était retournée en Arménie se ressourcer au pays de ses racines. Rentré en France, il avait mis le jazz arménien au goût du jour. Jared était devenu un auteur de littérature jeunesse et avait rencontré le succès.

Ils étaient tous prêts à se retrouver, impatients de partager leurs nouvelles richesses.

Maintenant que j'en ai fini avec l'espace consacré à la musique, je vais me pencher sur mon bureau.

Elle tenait tellement à la créer, cette association de lutte contre le cancer du sein.

Comment pourrais-je l'appeler ? Un nom que l'on retient, qui sonne agréablement à l'oreille… J'ai trouvé, Les Papillons roses…

Sarah souhaitait ainsi apurer sa dette envers sa sœur, sa culpabilité d'être, elle, encore en vie. Voir son double devenir une loque humaine avait été pour elle une douleur infinie. Cette blessure la rongeait et la plongeait dans de profondes angoisses existentielles.

La médecine progresse, mais la bête n'est pas vaincue et opère toujours ses ravages. Certes, les traitements sont moins lourds et plus ciblés, mais les effets secondaires restent nombreux.

Une phrase d'un cancérologue était gravée dans sa mémoire : « Une chimiothérapie, c'est comme tuer une fourmi avec un bazooka ».

Faire avancer la recherche nécessitait de l'argent, beaucoup d'argent. Les Papillons roses allaient y contribuer.

Les concerts caritatifs, c'est bien, mais ce n'est pas suffisant. Non, il me faut trouver un concept novateur.

Favorisée par le bercement des flots, une idée germa dans son esprit…

Il y a La Route du Rhum qui mène les bateaux jusqu'à la Guadeloupe, La Route du Rock pour la musique, La Route du Rire pour l'humour. Tous ces évènements ont gagné une réputation médiatique et brassent d'énormes sommes d'argent. Alors, pourquoi pas La Route du Sein ?

Elle sourit, satisfaite de la créativité de son esprit fertile.

Ce pourrait être une régate de Saint-Malo à l'île de Sein. Tous les bénéfices reviendraient à la recherche contre le cancer du sein.

L'île de Sein appartenait au Finistère. Elle se situait au large de la pointe du Raz.

C'est un beau symbole, d'autant que c'est de cet endroit qu'est parti le premier bateau vers l'Angleterre, lors de la Seconde Guerre mondiale. Le premier acte de résistance contre la barbarie nazie. Certes, il faudra du temps pour que la manifestation acquière de la notoriété, mais l'idée semble crédible.

Sarah voyait grand, un pied dans les nuages, l'autre bien ancré dans le sol.

Rien d'impossible qui tienne, quand on est la femme du docteur Chandelis !

****

En ce qui concerne Yann, ces trois années avaient été une période exceptionnelle. Cette expérience singulière avait forgé un enfant d'une extrême maturité.

Il s'était laissé émerveiller par les beautés de la nature. Il avait maudit les dégâts que l'homme lui faisait subir. Il avait vu le continent de plastique flottant, avait été attristé par l'état de pauvreté d'une partie de la population africaine. En cela, malgré son jeune âge, il était devenu un écologiste et un humaniste convaincu.

C'était un bel adolescent lorsqu'il remit le pied sur sol français. Il avait le teint hâlé par les embruns et le corps forgé par les rigueurs de la mer, et s'il n'avait que onze ans, il en paraissait bien plus.

Deuxième partie

Onzième chapitre

Où Yann reprend sa scolarité et vit une expérience douloureuse

En septembre 2017, Yann intégra une classe de sixième au collège Moka de Saint-Malo

Trente élèves : quatorze filles, seize garçons, ça parlait mal et fort, ça chahutait. Il ne parvenait pas à se retrouver, encore moins à s'identifier. Après trois ans de rupture scolaire, c'était un changement très brutal. Il trouvait ses camarades immatures.

Ils ne s'intéressent qu'au foot et aux séries à la mode, lorsque moi je pense écologie et survie de la planète...

Il eut du mal à s'intégrer, forcément. Les professeurs voyaient d'un mauvais œil cet adolescent atypique, déroutant, qui les confrontait à leurs conceptions parfois obtuses.

****

Lorsqu'il apprit qu'une initiation au judo était programmée au second trimestre, il sentit des bouffées d'angoisse l'assaillir. Il avait une profonde aversion pour les sports de contact. Cette proximité, *ce corps à corps*, le révulsait. Il lui paraissait cependant impossible de se dédouaner de cette activité *virile*, les relations avec ses camarades étaient déjà assez compliquées. Il ne voulait pas leur donner du grain à moudre.

Non, il faut que je remporte le combat contre mon cerveau. Je dispose de quatre mois pour y aboutir.

Sa hantise était l'imprévu. Dans ces situations, un flot d'émotions le submergeait et ses plus belles constructions mentales s'écroulaient. La seule issue pour conjurer ces troubles résidait dans la préparation.

J'ai jusqu'en février pour cela.

Aussi, il se mit à fréquenter la médiathèque du collège.

****

Il compulsa des ouvrages, se fit des fiches de lecture. Un objectif le guidait : maî -tri-ser.

Il apprit que le judo — signifiant *voie de la souplesse* — avait été créé au Japon en 1882. Cet art martial évolua en sport de combat. C'est en 1964 qu'il fut introduit aux Jeux olympiques pour les hommes et il fallut attendre 1992 pour les femmes.

Les luttes s'effectuent sur des tatami. Initialement conçus avec de la paille ou des joncs compressés, ils sont de nos jours fabriqués en matière synthétique.

Après l'histoire, il s'intéressa aux techniques, aux méthodes d'enseignement, visionna des enregistrements de pédagogie. Puis, il essaya de se projeter et d'imaginer les différents angles par lesquels son professeur pourrait aborder son cours. Ce n'est que quand il lui sembla qu'aucune faille ne pourrait le déstabiliser qu'il se sentit un peu plus serein.

****

Le mardi 15 février, ils étaient tous réunis dans le gymnase du collège. L'enseignant évoqua les origines du judo, ses évolutions, ses grands champions.

Comme je l'avais prévu, je connais ça par cœur.

À mesure que continuait la présentation, l'attention de Yann se faisait plus distraite.

– Mon ami Raoul, le bibliothécaire, m'a parlé d'un élève qui fréquentait assidûment ses rayons, et s'intéressait au judo. J'ai été intrigué, je lui ai demandé de qui il s'agissait. Or, il se trouve que c'est Yann ! Bravo, je te félicite, viens avec moi sur l'estrade.

Je n'aurais pas dû baisser la garde... La mégatuile...

L'imprévu s'invitait soudain. Le sang lui monta à la tête, l'angoisse le submergea. Son rythme cardiaque se débrida, ses neurones dysfonctionnèrent.

Il aurait aimé dire que ce n'était pas lui, qu'il y avait méprise, mais il ne parvenait à articuler aucun mot. Tous les regards étaient maintenant tournés vers lui et ses camarades scandaient : *allez Yann !*

Il ne pouvait reculer. Mécaniquement, il se dirigea vers l'estrade. Son professeur l'accueillit avec bienveillance, le questionna sur son intérêt pour le judo. Tant qu'ils échangeaient, il arrivait à se maîtriser. Mais c'est quand son enseignant lui proposa de s'exprimer seul sur sa prétendue passion que cela se gâta. Il se sentit nu devant une trentaine de paires d'yeux, comme happé par un univers parallèle terrifiant. Un poème qu'il avait écrit s'imposa à son mental.

Trou dans le mur,
D'une faille temporelle, je m'interpénètre,
De cet univers qui m'est étranger, il faut que je me dépêtre,
Déjouer ce piège où je n'aurais dû naître.
Pour exister, il faut que je m'échappe,
Que mes angoisses passent à la trappe.
Alors, je m'escapade, je crève l'interface,
Je rêve, pour vivre, pour espérer,
Je n'ai qu'à fermer les yeux et je m'élève,
Et soudain je m'allège,
Je vole vers un autre monde qui me protège
Et m'aide à fuir le présent sortilège…

Il fit un effort surhumain pour contenir le tsunami anxiogène qui l'envahissait, mais ce fut vain. L'énorme vague émotionnelle l'emporta. Son regard se brouilla, ses membres furent pris de tremblements. Il défaillit. Son enseignant le rattrapa *in extremis.*

L'affolement gagna la classe. Le professeur pensa à une hypoglycémie, et lui donna un sucre imbibé d'alcool. Il retrouva ses esprits. On l'accompagna à l'infirmerie. La soignante l'allongea, le rassura, puis appela ses parents.

Ce fut Jonathan qui vint le chercher. Dans la voiture, Yann resta muet, en dépit des questions angoissées de son père.

À peine arrivé dans le salon, il s'écroula sur le canapé et s'endormit. Lorsqu'il s'éveilla, c'était le soir. Petit à petit, les évènements douloureux de la journée lui revenaient.

Il appela ses parents. Ceux-ci le prirent chacun par une épaule, le montèrent dans sa chambre, l'allongèrent sur son lit. Sarah le borda, lui glissa à l'oreille quelques mots tendres, lui fit un baiser sur le front. Il ferma les yeux et, enfin sécurisé, s'endormit.

Douzième chapitre

Où le lecteur fait connaissance avec Madame Farcilli

Dans leurs euphories respectives, Sarah et Jonathan ne s'étaient pas aperçus que leur fils n'allait pas bien. L'évènement du collège leur ouvrit les yeux.

— Yann ne se sent pas bien dans ce collège, c'est un signe qu'il nous envoie. Jonathan, je pense qu'il faut lui trouver un établissement, avec une pédagogie différente.

— Tu as raison, ce soir, nous ferons des recherches sur Internet.

****

Ils s'étaient installés sur le divan et commençaient leurs prospections lorsque le logo *alerte flash* apparut au bas de l'écran de l'ordinateur. Intrigués, ils cliquèrent sur le lien. Ce qu'ils lurent leur redonna un peu de baume au cœur.

Le docteur Ouattara de l'hôpital d'Abidjan en Côte d'Ivoire vient d'annoncer la réalisation d'un vaccin contre le sida. Dans son centre médical, sur un groupe de 800 patients porteurs de la maladie qui se sont vu administrer le sérum, 95 % n'avaient plus aucun signe de virus dans le sang au bout de 6 mois. L'Agence africaine du médicament a donné l'autorisation de mise sur le marché. Rappelons que c'est une équipe française qui est conjointement à l'origine de la découverte, lors d'une mission scientifique menée en Afrique. Le docteur Ouattara a tenu à remercier chaleureusement la France pour son engagement.

Sarah et Jonathan se regardèrent, s'étreignirent, et leurs larmes se mélangèrent…

****

Le collège *Beluzzi* de Saint-Servan retint leur attention.

Le site Web paraissait sérieux et bien documenté, la pédagogie reconnue. Ils prirent rendez-vous avec la directrice.

****

Le collège était dans un bâtiment de trois étages, construit dans le style breton, avec des façades en granit et des toits en ardoise.

Ils se présentèrent à l'accueil. Rapidement, Madame Farcilli, la Principale vint les chercher. C'était une grande femme brune, élancée, au visage avenant. Elle salua chaleureusement Sarah et Jonathan, et les invita à la suivre. Elle les introduit dans son bureau, qui tenait plus du salon. Ils s'installèrent dans des fauteuils modernes couleur taupe. L'espace était tapissé d'un bleu apaisant. Les revêtements muraux agrémentés de reproductions de peintres abstraits du XXe siècle.

Elle offrit des cafés et après quelques propos de courtoisie, laissa la parole aux parents de Yann.

Jonathan retraça l'histoire de la famille Chandelis. Il évoqua leurs carrières prenantes, le manque de temps consacré à leur fils pendant ses premières années. Il parla de la période de l'expédition de recherche qui leur avait permis de se retrouver, et du difficile retour à un enseignement classique après ces trois années si particulières. C'était une crise lors d'un cours de judo qui les avait alertés.

Elle les écouta attentivement. Ce fut ensuite elle qui se raconta. D'abord simple enseignante, elle s'était ensuite impliquée dans un programme d'échange européen. Elle s'était rendue dans des pays nordiques où elle avait découvert une approche très différente, centrée sur l'élève, donnant une grande place aux activités physiques et sportives. *L'enfant apprend par corps et non par cœur*, lui avait-on souvent dit. Elle avait eu l'occasion de travailler dans des structures de pédagogie *Beluzzi*. Elle avait été séduite par le mode d'enseignement qui y était mené. De retour en France, elle avait rédigé un mémoire sur son expérience. L'Éducation nationale lui avait financé une formation.

****

Elle avait créé le collège de Saint-Servan et en était devenue la principale. Elle pouvait enfin mettre en pratique ses convictions : une méthode active, ouverte, axée sur l'élève. Elle s'était attelée à la tâche avec passion.

Au terme de l'entretien, Madame Farcilli suggéra une période d'essai d'un mois. À la fin de celle-ci, ils se réuniraient à nouveau, à quatre cette fois, et décideraient avec Yann de la suite à donner. Sarah et Jonathan étaient d'accord. Il ne restait plus qu'une personne à convaincre.
— Surtout, ne lui imposez rien, laissez-le venir !

Elle les raccompagna sur le parking.

— Quelle femme charmante, s'écria Jonathan !
— Et passionnée par son métier.
— Ça, tu peux le dire !
— J'espère que son équipe pédagogique est à la hauteur.
— Je ne m'en fais pas.

– Je pense que Yann sera bien, ici. C'est une petite structure, qui paraît très adaptée, conclut Sarah.

Après un temps de silence, ce fut Jonathan qui reprit :
– Mon amour, consulter un psychologue lui ferait peut-être du bien.

Il aperçut la moue que faisait sa femme. Il poursuivit néanmoins.
– Tu sais, il a été déscolarisé pendant trois ans. Il a vécu des moments uniques, mais le retour sur le continent a dû être déstabilisant. Il a été confronté à des élèves qui avaient eu un parcours traditionnel. Le changement a sûrement été brusque et violent. Il a dû se sentir en complet décalage. Il a peut-être besoin de parler à quelqu'un qui ne soit pas de la famille.
– Tu as peut-être raison, mon chéri. Encore faut-il trouver le bon psy, celui qui lui convient.

Treizième chapitre

Où il est question d'astrologie et du collège Beluzzi

Ils trouvèrent Yann avachi dans le canapé, un énorme livre entre les mains.

— Qu'est-ce que tu lis ? demanda Sarah.

— L'encyclopédie de l'astronomie !

— Ah, oui ?

— C'est passionnant, maman, j'apprends plein de trucs !

— …

— Notre système solaire se situe au bord de la Voie lactée, à 270 000 années-lumière du centre de la galaxie. Tu te rends compte que l'on y dénombre 636 000 corps célestes, des météorites, des comètes, tout ça…

— Je suis fier de toi, Yann, mais tu me noies, avec tes chiffres !

— Tu sais à quelle vitesse va la lumière.

— …

— 299 792 km/s !

— Je vais cuisiner, tu veux quoi à manger, ce soir ?

— De la pizza !

Après le repas, ils se retrouvèrent dans le salon. Jonathan lança l'échange.

— Yann, on a bien compris que tu ne te sentais pas bien dans ton collège.

— On a réfléchi, avec papa. On a fait des recherches pour te trouver une école qui te convienne.

— Ce matin, on a visité, maman et moi, un établissement à Saint-Servan.

– C'est une petite structure très familiale, qui a une façon d'enseigner très à l'écoute des élèves.

– Madame Farcilli, la directrice, est une femme très douce, passionnée par son travail.

– Elle te propose de faire un mois d'essai, et après ce sera à toi de décider si tu veux continuer ou non. Qu'en penses-tu, avança Jonathan ?

– Tu n'es pas obligé de répondre tout de suite !

– Je monte dans ma chambre ! dit Yann.

Restés dans le salon, Sarah et Jonathan ne savaient pas comment interpréter la réaction. Il leur semblait avoir bien introduit le sujet.

De son côté, Yann s'était allongé sur son lit, lové contre son compagnon en peluche.

– Ils veulent que j'aille dans une nouvelle école. Qu'en penses-tu, Papillote ?

En guise de réponse, celui-ci fit par un clin d'œil.

– C'est une bonne idée ?

L'ours opina du chef.

– Alors, je te crois. J'ai confiance en toi. Je t'aime, mon Papillote !

Il le serra très fort dans ses bras, le déposa sur l'oreiller, puis redescendit au salon. Son père lisait un magazine, sa mère s'essayait à gratter quelques notes sur sa guitare.

– Tiens, ça fait longtemps que je ne t'ai pas entendu jouer !

Puis il reprit.

– Et comment j'irai là-bas ?

Deux paires d'yeux se levèrent d'un coup et se dirigèrent vers lui. Il y eut un vide sonore. Puis, ce fut Jonathan qui réagit le premier :

— Eh bien, je pourrais t'accompagner le matin, et maman viendrait te chercher le soir !

— Alors tu es d'accord ?

— Je veux bien essayer !

— C'est formidable, mon chéri !

Et ils enlacèrent leur enfant.

Le lendemain, ils appelèrent Madame Farcilli pour l'informer de la belle décision.

****

La veille de sa rentrée, Yann eut du mal à trouver le sommeil. Bien que ses parents l'eussent emmené visiter le collège, il n'était pas totalement rassuré.

Certes, le lieu est lumineux, accueillant. Certes les enseignants m'ont fait bonne impression. Certes, les élèves semblent plus sympathiques qu'à Moka.

Plusieurs *certes* ne font pas de réelles certitudes. Malgré tous ces éléments encourageants, il ne pouvait s'empêcher de douter. Il se tournait et se retournait dans son lit. Après l'épisode du judo, il ne voulait à aucun prix revivre ce genre de situation. Il finit cependant par s'endormir.

Cette nuit-là, il fit un rêve.

Quatorzième chapitre

Où Yann fait un rêve surprenant

Je marche dans une forêt que je ne connais pas.
Je lève la tête vers le ciel, et bien qu'il fasse encore jour, je me dis qu'il faut que je me hâte pour arriver avant le crépuscule.
Le chemin est parfaitement tracé. Malgré la peur qui me tiraille, je me donne du courage. Chaque fois que je me crois perdu, il y a un signe qui me rassure.
C'est une fleur que je reconnais, le foulard de maman accroché à une branche...
Je l'attrape, il me réchauffe le corps et le cœur. Je presse le pas.
La nuit est maintenant complètement tombée. Mais elle ne me fait pas peur.
J'aime le noir, j'ai des yeux de chat.
Soudain, j'entends un bruissement dans les fourrés.
Je m'arrête, aux aguets.
Le bruit se rapproche. Il provient du buisson.
Elle se dirige vers moi.
À la lueur de la pleine lune, je la vois. On se toise.
Je voudrais fuir, mais mes semelles sont de plomb,
Je voudrais crier, mais de ma bouche ne sort aucun son.
Elle est terrifiante, pourtant elle est belle.
Je suis paniqué, elle est fascinée.
Je suis fasciné, elle est paniquée.
Son pelage est blanc, ses yeux sont bleus.
Je sens mon regard qui se brouille, mon corps qui me lâche, je tombe.

Elle grogne, s'approche de moi.
Je suis à sa merci.
Elle se tient au-dessus de moi, elle me flair,
Elle est terrifiante, mais elle est belle.
Je suis paralysé et je ne peux rien faire.
Elle ouvre la gueule et je me dis qu'elle va me dévorer,
Mais c'est sa langue chaude et maternelle que je ressens sur mon visage.
La sensation est humide et inattendue, elle me réveille.

L'image de la louve aux yeux bleus reste gravée dans son esprit.

Quinzième chapitre

Où Yann découvre une méthode d'enseignement vraiment différente

C'était le matin. Yann tordait son rêve en tous sens pour en extraire la signification, quand sa mère entra.

****

— Monsieur est servi !
— Tu m'as racheté mes *Crunch Pops* ?
— Bien sûr, je t'ai préparé un petit déjeuner de prince !

Comme prévu, son père l'accompagna. Personne ne parla pendant le trajet. L'un n'osait rien dire, de crainte de commettre un impair. L'autre, centré sur lui, redoutant de penser au moment d'après. Il laissa son fils à l'entrée du collège, lui passa tendrement la main dans les cheveux, mais ne parvint pas à trouver les mots justes qui auraient été réconfortants.

Madame Farcilli vint l'accueillir et lui présenta Madame Diaz, son enseignante-référente.

****

Il n'existait pas de programme, dans les structures *Beluzzi*, mais des unités d'acquisition. La conception pédagogique était axée autour du principe de transversalité. Ainsi, le français pouvait être abordé en histoire, les mathématiques en géographie. L'idée maîtresse était de donner du sens aux contenus. En parallèle au travail groupal, chacun menait un parcours individualisé.

****

Chaque élève (ils étaient dix-neuf) se présenta au travers de petits jeux. Quand vint le tour de Yann, il parla de son père, de sa mère, raconta son expédition en Afrique. Mais de lui, on ne sut rien. Il tenait à conserver une carapace protectrice.

— Yann, ta maman m'a remis un texte que tu as écrit pour nous. Je le trouve beau et touchant. Je peux le lire maintenant ?

Il hocha la tête en guise d'acceptation.

L'enseignante demanda le silence à la classe et lut avec émotion.

Quand j'ai quitté le continent, je n'étais qu'un enfant,
J'ai dit salut à mes copains, on se revoit dans 3 ans.
J'étais un peu triste, je suivais mes parents,
Mon père, médecin, un chercheur important,
Dont le but dans l'existence était de guérir les gens,
Ma mère, qui gagnait sa vie en chantant.
Vers l'Afrique, nous embarquions, lui, moi et ma maman.
Au milieu de l'océan, je partageais ma solitude avec mon ami le vent,
Sur la mer, les moutons, et parfois, dans le ciel, les cris des cormorans.
Nous avons accosté en Côte d'Ivoire, dans la lagune d'Abidjan.
Que de bruit, après le silence des eaux, c'était vraiment perturbant.
Ce ne fut pas facile, je m'y suis fait au fil du temps.
J'ai découvert de nouveaux horizons, qu'ils soient noirs ou blancs,

J'ai tellement appris, grandi, que je suis devenu adolescent.
Et aujourd'hui revenu sur le continent, je me sens si différent,
Et je vous demande de me comprendre et d'être prévenant en m'accueillant.

Tous les élèves écoutèrent, ébahis.

Et la journée se poursuivit. Yann était agréablement surpris de la façon si particulière d'enseigner de Madame Diaz. Il apprécia aussi l'attitude ouverte et amicale de ses nouveaux camarades. Il ne pouvait cependant s'empêcher de rester sur ses gardes.

Quand sa mère vint le chercher à 17 heures. Elle le questionna, mais il se montra très évasif.

Seizième chapitre

Où Yann prend une décision

Autant Yann se montrait enjoué et volubile lorsqu'il évoquait ses lectures, sa passion pour l'astronomie, autant il se fermait dès que le sujet ne faisait qu'effleurer son vécu au collège. C'était immédiat, d'un coup. Il était parti dans un autre monde. Ses parents acceptèrent la règle du jeu.

Paradoxalement, chaque fois qu'ils lui demandaient s'il voulait retourner à *Beluzzi*, celui-ci répondait d'un *oui* assuré. Sarah et Jonathan se raccrochaient à ce *oui*.

Au bout de 15 jours, Sarah appela Madame Farcilli. Elle apprit que son fils s'était adapté de façon étonnement rapide. La relation avec les enseignants était excellente. Avec ses camarades, ce n'était pas aussi limpide. Il était dans un rapport ambigu, souvent sur la défensive, se livrant peu, dépensant beaucoup d'énergie à préserver son jardin secret. Il avait toutefois développé une amitié exclusive avec un élève récemment arrivé de Croatie.

****

Le soir venu, Sarah tint son mari informé de ses échanges avec la principale.

— Ça semble bien se présenter, mais je crois toujours qu'en parallèle, il a vraiment besoin d'un psy, dit Jonathan.

— Mouais, tu as peut-être raison. Attendons encore un peu ! Ce qui ne nous empêche pas de prospecter, les bons psys ne courent pas les rues !

— Je t'ai convaincue, ma chérie ?

Sarah répondit par un demi-sourire dubitatif.

La période d'essai touchait à sa fin…

****

Yann était affalé dans le canapé, son ouvrage favori sur les genoux. Sarah prit sa voix la plus douce.

– Mon amour, le premier mois *à Beluzzi* se termine bientôt. Tu sais qu'il va falloir penser à rencontrer Madame Farcilli.

– …

– Mon chéri, c'est important !

– Maman, l'étoile la plus proche de la Terre s'appelle Proxima du Centaure, elle se situe à plus de 4 millions d'années-lumière !

C'était son petit jeu favori. Lorsque le sujet le dérangeait, il détournait la conversation. Sarah acceptait souvent la règle. Mais là, elle ne pouvait plus transiger. Aussi, elle haussa le ton.

– Arrête de faire l'autruche, c'est important, c'est de toi qu'il s'agit, je te signale !

Il laissa tomber son livre, regarda sa mère, et ses yeux s'embuèrent. Un flot de larmes jaillit, et tout son corps fut pris de tremblements.

– Mon chéri, qu'est-ce que tu as ? Parle !

****

Jonathan accourut, invita son fils à respirer calmement. Celui-ci s'apaisa peu à peu, mais demeurait toujours silencieux. Alors, son père l'enveloppa dans une couverture, le porta dans son lit. Sarah alla chercher sa guitare et lui chanta sa berceuse préférée, celle qu'il adorait. Il finit par s'endormir. Elle lui fit un baiser et quitta la chambre à pas de loup. Elle retrouva son mari dans le salon. Ils se regardèrent, mais aucune parole ne vint. Les yeux de Sarah s'humidifièrent. Jonathan l'enlaça, elle se blottit contre sa poitrine. À leurs pieds traînait le manuel d'astronomie.

— Tu as raison, je crois qu'il a vraiment besoin d'un psy.

À son réveil le lendemain, Yann n'évoqua pas l'épisode de la veille. Sarah lui avait préparé ses céréales favorites. Entre deux cuillères, il leva la tête et regarda sa mère.

— Tu sais, Maman, j'ai envie de rester dans ce collège !

— Mais c'est formidable, mon amour !

Sarah informa la directrice du choix qu'avait verbalisé leur enfant.

— Voilà une bonne nouvelle !

Puis, après un temps de silence, elle reprit :

— Au travers de l'expérience que vous avez vécue en Afrique, votre fils s'est construit différemment. Cela lui a donné de grandes forces, beaucoup de maturité, mais a aussi exacerbé ses fragilités. L'évènement traumatique du collège Moka a été un révélateur de son malaise. Je vous suggère de consulter un psychologue. Nous avons des adresses à vous conseiller, si vous le souhaitez.

Dix-septième chapitre

Où Yann découvre les méthodes de psychothérapie et ce qu'il en pense

C'est ainsi que commença la valse des psys.

Dialogues internes et morceaux choisis.

Laëtitia, psychologue clinicienne

« Alors, Yann, parle-moi de toi, de ta relation à tes parents. Je suis là pour t'aider, tu peux tout me dire, tu sais, tout ce qui se passe ici ne sortira pas de cette pièce. »

Qu'est-ce qu'elle croit, que je vais la laisser me voler les trésors qu'il y a dans ma tête ? Pour qu'elle les range dans son énorme coffre de psy machin chose où sont enfermés tous les secrets de ceux qui sont venus dans son bureau ?

Arthur, psychanalyste

« Mon cher Yann, installez-vous sur ce divan. Voilà, soyez confortable... fermez les yeux, et dites tout ce qui vous passe par la tête, ne vous censurez pas, laissez-vous aller à la libre association. »

Tiens, il me vouvoie, celui-là !

Je connais l'association de papa, c'est Sidaction, mais je ne sais pas si elle est libre ! Moi, ce qui me passe par la tête, ce sont les voitures, j'adore ça. Je pourrais citer toutes les marques, tous les modèles !

Angèle, gestalt thérapeute

« Regarde, Yann, je t'ai amené un punching-ball. Je te propose, si tu l'acceptes, d'imaginer que ce ballon à ressorts représente toutes les personnes qui t'ont fait du mal. Vas-y, frappe dedans, laisse venir les mots, lâche tes émotions, exprime ta colère. »

Qu'est-ce qu'elle me veut, celle-là ? Mes parents m'ont appris que la violence ne menait à rien. Va jouer avec ton punching-ball toute seule, Angèle, tu n'es pas un ange.

Grégoire, hypnothérapeute

« Yann, tu fermes les yeux et tu te concentres sur le tic-tac de l'horloge. Tic-tac, tic-tac... tes paupières sont lourdes, de plus en plus lourdes. Tu te laisses guider par ma voix, rien que le son de ma voix, qui te porte, te transporte, et le tic-tac de l'horloge, régulier, lancinant, comme les battements de ton cœur qui s'apaisent. Il n'y a plus que moi, moi et ma voix qui se mélange au tic-tac de l'horloge pour t'amener à la transe hypnotique. Je vais compter de 10 jusqu'à 1. Et à 1, tu auras atteint l'état de conscience hypnotique... 10... 9... 8... 7... »

Au secours ! Je ne veux pas m'endormir... Je résiste, je contracte mon corps le plus fort possible, jusqu'à ce que ça me fasse mal, et que la douleur me maintienne en éveil. Je ferme les yeux comme il me l'a demandé, mais, je garde les paupières un petit peu ouvertes, juste un millimètre. Je le regarde. Mais je ne veux pas qu'il voie que je vois...

Antoine, psychomotricien

« Yann, ici c'est un endroit où il n'y a que des jeux. Et nous, on va jouer, ensemble. C'est important de jouer, prendre plaisir, ça peut aider, énormément. Tu veux choisir un jeu ou c'est moi qui te propose ? »

Il est marrant, celui-là, complètement différent des autres, et il me propose des jeux, et moi j'adore jouer, ça tombe bien ! Waouh, tout ce qu'il a... Il y en a que je connais... il en a au moins mille !

J'ai regardé, mes yeux, ils ne savaient plus où aller, tant il y en avait, des jeux. Et, puis, il y en eut un qui m'attira. *Les Aventuriers du Rail*, il s'appelait. Sur la boîte, il y avait une locomotive à vapeur comme avant, avec du charbon, et dessus, c'était écrit : *devenez un aventurier des années 1900.* C'était classe ! Et puis j'adore les trains ! Alors j'ai dit : *Je choisis celui-là, Anto !* Tu me permets que je t'appelle Anto ?

J'ai commencé à voir Antoine tous les lundis, à 16 h 45, après le collège, et c'était grave bien, ses jeux. Je débutais bien la semaine, car le matin, je pensais à ma séance du soir avec Antoine et j'étais heureux. Avec lui, on jouait, on rigolait. Je parlais, parfois, quand j'en avais envie. Lui, il ne me forçait jamais.

Quand je n'aimais pas sa proposition, il disait : *d'accord, on va choisir autre chose !*

Et j'ai commencé à aller mieux, car je me sentais compris. J'étais heureux, et cela suffisait au bonheur de mes parents !

Antoine, c'était quand même un sacré hurluberlu, mais il n'avait pas son pareil pour comprendre les enfants… enfin, les adolescents, je veux dire.

Dix-huitième chapitre

Où l'on en apprend sur Miroslav et son injuste histoire

Miroslav était un bel adolescent aux cheveux noirs et à la peau dorée. Il venait d'une île de Croatie qui était en train d'être engloutie par la mer, sous l'effet du réchauffement climatique. Il n'était en France que depuis quelques mois et tout était compliqué pour lui. Yann percevait son malaise et s'impliquait du mieux qu'il pouvait pour l'aider. Il souhaitait ainsi lui montrer qu'il comprenait ses difficultés et y compatissait. Les deux adolescents avaient petit à petit noué une relation d'amitié forte. Avec Miro, il osait laisser tomber la carapace, parce qu'il ne se sentait pas en danger, parce que celui-ci était différent, comme lui.

Miroslav n'aurait jamais imaginé habiter en France. Certes, il connaissait Saint-Malo au travers des photos que lui envoyait son oncle, qui y était installé. Il correspondait régulièrement par Internet avec ses cousins français. Mais à les écouter, la vie y paraissait bien terne par rapport à la Croatie. Et même si l'eau de Bretagne était bleu émeraude, ce n'était pas comparable à l'Adriatique.

Il faut dire que la barre était haute. En effet, il habitait sur l'île paradisiaque de *Biševo*, au large de Split. Ses parents étaient gérants d'un palace, *Le Blue Lagoon*. Ils y recevaient les grandes fortunes du monde qui y amarraient leurs yachts rutilants. Ils visitaient l'îlot, se laissaient caresser par le soleil sur la sublime plage de *Porat*. Le soir venu, ils profitaient des infrastructures de loisirs du club de Vacances. Il s'agissait de les chouchouter, car c'étaient eux qui faisaient vivre la population insulaire avec leur manne financière.

C'était une situation très enviable pour Miroslav. Dans la journée, il fréquentait la classe unique de l'école. Il jouait avec les enfants autochtones, des fils et filles de pêcheurs ou d'artisans. Mais le soir, c'était un autre monde. Il côtoyait alors une jeunesse huppée et cosmopolite. Bientôt, il était censé partir en internat au collège de Split. Mais le sort en décida autrement.

Insidieusement, le réchauffement climatique avait accompli sa sape. L'élévation du niveau de la mer, il en avait entendu parler. Mais quelques millimètres par an, cela ne lui paraissait rien, ou si peu.

Personne ne semblait porter attention à l'océan qui grignotait progressivement le littoral de l'île, jusqu'à ce que celles-ci soient réduites à une peau de chagrin et que les milliardaires commencent à se faire rares. Ils voulaient bien arroser le commerce local de leurs dollars et autres roubles, mais il fallait des contreparties. Jusque-là, ça avait été l'ensoleillement et la côte. Or, si le soleil brillait toujours, il était devenu si violent qu'il en était nocif. Quant aux plages, elles étaient constamment bondées, ce qui ne seyait plus du tout à ces magnats. Alors, l'artisanat, il y en aurait d'autres, et ils étaient partis dilapider leur fortune dans des contrées au climat plus clément. Et c'est ainsi que la multinationale à qui appartenait *le Blue Lagoon* avait décidé d'investir ailleurs, là où il y avait des profits en perspective. Elle ferma le palace et licencia sans ménagement l'ensemble du personnel.

C'est ainsi que les parents de Miroslav se retrouvèrent sans emploi. Le chef de famille jugea judicieux d'envoyer sa femme et son fils en France, où son frère avait immigré quelques décennies plus tôt, fuyant la guerre qui avait lieu dans les Balkans. Lui resterait au pays pour régler les dernières affaires avant de les rejoindre. Ils avaient épargné un pécule conséquent. Une bonne dose de corruption, et l'immigration se fit rapidement et sans souci. Miroslav et sa mère voyagèrent en avion. Ils purent ainsi échapper aux passeurs, et ne firent pas partie du flot des réfugiés climatiques.

Un jour viendra où *Le Blue Lagoon* sera sous les eaux.

Un jour viendra où l'île de *Biševo* n'existera plus. Seulement en photo, ou dans le souvenir de quelques anciens nostalgiques.

Dix-neuvième chapitre

Où Yann se lie avec Miroslav et comment cela se finit

C'était l'intercours. Yann observait Miroslav. Il était touché par les efforts que faisait le jeune garçon pour essayer de s'intégrer. Il s'indignait de la façon dont ses camarades le traitaient. Il le regardait errer lamentablement d'un groupe à l'autre. Lorsque quelqu'un l'appelait, c'était souvent pour le railler. Lui ne s'en apercevait pas, et, crédule, revenait.

****

— Miro, viens voir. Tu sais comment on dit, tu me plais.
— Ça, moi savoir, on dit : Toi plais-moi !
— D'abord c'est tu me plais ! Mais c'est ringard comme façon de parler !
— Oui ?
— Si tu as envie d'une fille, pour lui montrer, tu dois lui dire : tu es bonne !

Miroslav parut interloqué.
— Tou est ponne, vous sur ?
— Non, pas tou, tu ! Et puis pas ponne. Bonne *!*
— Tu es bonne ?
— C'est ça, tu es bonne, n'oublie pas !
— Merci, copain !

Puis, ils revenaient à leur conversation, s'esclaffant de la mauvaise blague qu'ils venaient de faire, alors que l'adolescent se rapprochait à nouveau d'un groupe.
— Psst.

Miroslav se retourna vers Yann.
— Quoi c'est ? Toi appelle moi ?
— Tu ne vois pas qu'ils se fichent de toi ?
— Fiche de moi ? Que veux dire toi ?
— Qu'ils se moquent, qu'ils t'apprennent des bêtises !
— Toi sûr ?
— Puisque je te le dis !

Ils devinrent inséparables. Pendant les cours, Yann aidait Miroslav. En dehors, l'un racontait avec nostalgie son île perdue de Croatie, et l'autre contait avec ferveur sa croisière en Afrique. Ils se retrouvaient souvent pour faire leurs devoirs. C'est ainsi que les parents de Yann invitèrent le jeune croate à passer le week-end chez eux.

****

Miroslav ramena pour le goûter des *Medenjavci*, des petits gâteaux au miel et à la cannelle qui ravirent tout le monde. Le soir, lors du repas, il redoubla d'efforts pour se montrer sociable et s'exprimer dans un français à peu près correct, tout du moins compréhensible. Cela le rendit particulièrement touchant aux yeux de ses hôtes. Il dormit dans la grande chambre réservée aux invités. Le lendemain, ils prirent les vélos pour aller à la mer, profitèrent du jardin et de la piscine.

En fin d'après-midi, Yann emporta des raquettes et des balles, et ils se dirigèrent vers le fond du parc.

— Tiens, je vais te faire une surprise !

— Ah, quoi c'est ?

— Ben, je ne te dis pas, sinon ce ne sera plus une surprise !

Lorsqu'ils arrivèrent au terrain, Miroslav vit au milieu du court un petit robot avec une raquette au bout de son bras.

— Voilà la surprise ! Je te présente Davis, mon partenaire.

Yann expliqua à Miro que l'automate se déplaçait avec ses roulettes et repérait la balle grâce à des capteurs. De son portable, il pouvait programmer le niveau de jeu, la manière de jouer, la langue parlée. Ils s'approchèrent.

— Do-bre-dan, je-suis content de jou-er a-vec toi !

— Il a dit bonjour en croate !

— Oui ! Vas-y, essaie ! Tu n'en avais pas dans ton palace ?

— Moi jamais vu robot comme ça !

— Je te mets jeu difficile ?

— Facile !

— OK !

Miroslav se retrouva dans une confrontation improbable avec un androïde qui se nommait Davis.

— Sympa ! Toi vouloir tester ?

— Non, moi, j'ai l'habitude !

— Moi quand même préférer jouer toi !

Les deux amis firent alors une partie de tennis. C'était plus drôle que contre un robot, aussi perfectionné soit-il !

****

Sur le chemin de la demeure, le jeune croate se disait qu'il aurait plein de choses à raconter en rentrant chez lui. Ils étaient tous les deux fourbus quand ils arrivèrent à la malouinière. Ils prirent chacun une douche bien chaude. L'adolescent quitta ses hôtes vers 19 heures en ayant bien pris soin de les remercier chaleureusement. C'était le plus beau week-end qu'il avait passé depuis fort longtemps.

****

Bien sûr, quelques semaines plus tard, la mère de Miroslav voulut rendre la pareille.

La famille Horvath ne disposait pas des mêmes fastes. Ils habitaient dans un petit appartement. Malheureusement, la journée fut pluvieuse. Aussi, les deux amis en furent réduits à rester à l'intérieur. Yann avait tout prévu en amenant sa console de jeu de foot FIFA 17, avec les dernières innovations technologiques. En fin d'après-midi, Miroslav fut fier de montrer sa vitrine où trônaient ses trophées de judo. Ceux qu'il avait gagnés quand il faisait de la compétition en Croatie. À la seule évocation du mot *judo*, les pénibles souvenirs de la classe de sixième remontèrent par vagues successives à la conscience de Yann. Il sentit son rythme cardiaque s'accélérer. Il perçut des gouttes de sueur perler le long de sa nuque.

Non, pas ici... Je serre les poings très forts. J'enfonce mes ongles dans ma paume. La douleur me permet de garder le contrôle.

– Quoi tu as, ton visage sans couleur !

C'est la maladresse de langage qui ramena Yann à la réalité et le fit sourire.

– C'est, rien, ça va !

– Ah oui, je vois, face toi recolorée, maintenant !

Le soir, la Madame Horvath avait mis tout son cœur à préparer un dîner croate typique. En entrée, il y avait un *Sataras*, des légumes d'été mijotés. En plat, un *Zelena Menestra*, une autre spécialité de son pays, un ragoût à base de viande et de choux. En dessert, un *Papuci*, un gâteau spécifique à l'île de *Lošinj*.

Après le repas, les deux amis jouèrent dans la chambre. Elle n'était pas très grande, un second lit pliant y avait été installé. Après une dernière confrontation de football virtuel, les deux adolescents s'allongèrent et continuèrent leur discussion.

— Yann !

— Oui ?

— Toi, pas confortable, moi triste.

— Ça va !

— Moi pas bon inviteur, moi pas aimer ça... moi, avoir idée... lit moi grand, viens toi à côté moi !

— Miro, on ne peut pas, on n'a plus six ans.

— Viens, je dis, toi fais pas ton mauvais !

— Et si ta mère arrive ?

— Toi ne pas inquiéter, elle dormir.

Yann soupesa le pour et le contre. Certes, le lit pliant n'était vraiment pas agréable. Et il n'y avait rien de mal à rejoindre son ami.

Soudain la porte s'ouvrit et Madame Horvath apparut.

— Miroslav, j'entends bruits dans chambre toi, je regarde si tout bien va ?

Apercevant les deux adolescents ensemble dans le couchage, elle s'arrêta net.

— Qu'est-ce passe ici ? Pourquoi vous dans même lit ?

— Lit pliant très dur, moi proposé lui venir avec moi, bredouilla Miroslav.

— Raconte-moi pas connasseries, vous presque noude !

— Mama, on ne fait rien mal !

— Quoi ? Voir garçon moi dans lit toi, et tou veux moi dire rien ?

— Mais, lui pas n'importe qui, lui meilleur ami moi !

— Meilleur ami ? Moi trouver loui bizarre... Sour pas toi touché ?

— Mais, mama, jamais !
— Tou ment, moi connaître toi par tête !
— Mama !
— Pense moi pas imbédouille, peux dire vrai moi, moi pas pounir toi.
— Mais mama, jure moi dire vérité !
— Joure pas. Dieu pas content.

Pendant toute la conversation, Yann s'était recroquevillé.
— Ah, tout ne veut pas entendre toua ? Habille vite mis. Moi sortir voiture gourage et moi rouler chez parents toua ! Moi pas vouloir homosessuelle avec fils moi.

Elle le regarda avec des yeux méchants.
— Rapide ! Rue moi attendre toua dans cinq minoutes !
Pendant qu'il s'habillait, Yann n'échangea pas une parole avec son copain. Alors, qu'il quittait l'appartement, Miroslav bredouilla.
— Pardon, tout faute moi.

Dehors, Madame Horvath attendait dans la voiture, le moteur tournait. Arrivée à la gentilhommière, elle se gara de travers en faisant crisser les cailloux. Elle entra sans même sonner et fit irruption dans le salon, tenant Yann par le cou. Sarah et Jonathan la regardèrent, médusés.

Hystérique, elle hurla :
— Je ramène gousse vous, loui homossessuelle ! Moi loui plus jamais voir maison moi !

Elle tourna les talons et sortit, laissant le couple Chandelis tétanisé.

On entendit la voiture vrombir, puis un silence lourd s'installa.

****

Yann s'était blotti contre sa mère. Sarah et Jonathan lui parlèrent avec douceur, mais il resta mutique. Au bout d'un long moment, il éclata en sanglots. Ce furent des larmes salvatrices, cathartiques.
Il se mit à hoqueter.
— Je n'ai rien fait, je vous jure, je n'ai rien fait.
— On te croit, mon amour.

Puis ils l'accompagnèrent dans sa chambre. Sarah l'allongea et lui fit un baiser.
— Repose-toi bien, mon trésor !

****

Il raconta, lorsqu'il se réveilla, tout ce qui s'était passé. Le soir venu, ses parents lui demandèrent s'il était prêt à retourner au collège. Il répondit par l'affirmative.
— Nous t'interdisons de parler à Miroslav. Ce n'est pas un bon ami. S'il l'avait été, il t'aurait défendu.

Vingtième chapitre

Où Yann se trouve une confidente particulière

Le lendemain, Yann n'eut même pas à respecter l'interdit parental. Miroslav n'était pas présent. L'enseignante en parut surprise.

En milieu de matinée, Madame Farcilli frappa à la porte de la classe. Les deux femmes échangèrent à voix basse quelques mots, puis Madame Diaz s'adressa à ses élèves.

— Je demande votre attention. Notre directrice vient de m'informer que votre camarade Miroslav ne sera plus avec nous. Sa mère n'a plus les moyens de payer le collège. C'est bien triste. Il faisait tellement d'efforts pour s'intégrer !

Un brouhaha s'éleva dans les rangs. Yann resta de marbre. Malgré l'épisode douloureux, il déplorait cette absence. Lorsque Miro était présent, il se sentait utile. À présent, il ressentait un grand vide.

Madame Horvath avait menti sur les vraies raisons. Cela était pour lui impardonnable. Yann ne supportait ni le mensonge ni l'injustice. Il décida d'écrire une lettre à sa principale pour épancher son cœur et rétablir la vérité.

Yann Chandelis
Les Corbières
35450 Saint-Méloir-des-Ondes

Saint Méloir-des-Ondes, le 12 mai 2017

Madame la directrice,

Le départ de mon ami Miroslav a causé chez moi une grande peine, et je voulais me confier à vous.

Madame Diaz nous a informés qu'il avait quitté le collège pour des raisons financières. C'est faux. En effet, deux jours avant, j'avais été invité chez lui pour le week-end. Nous avions fait des jeux sur l'ordinateur. Pour le dîner, Madame Horvath nous avait préparé un repas typique croate. Elle m'avait ensuite installé un lit dans la chambre de Miroslav. Nous étions déjà couchés. Il m'a proposé de le rejoindre, disant que c'était plus confortable, que j'étais son hôte. J'ai d'abord refusé, mais, comme mon couchage était dur, j'ai finalement accepté. Sa mère est malheureusement entrée. Quand elle m'a vu avec son fils, elle s'est déchaînée sur moi, me traitant de tous les noms, d'homosexuel, de gosse de riche. Puis, hystérique, elle m'a ordonné de m'habiller et m'a ramené à la maison. Je pense qu'au-delà de l'évènement qui s'est passé, elle était jalouse de notre situation aisée.

J'ai tout raconté à mes parents qui m'ont cru. Cependant, j'ai le cœur lourd, car, même si je n'ai rien à me reprocher, c'est quand même un peu à cause de moi que Miroslav n'est plus avec nous. J'espère que sa mère ne l'a pas renvoyé en Croatie. C'était mon ami et je ressens un grand vide.

Je vous remercie de m'avoir lu.
Salutations respectueuses,

Yann Chandelis

****

Quelques jours plus tard, Yann reçut un colis. Dans celui-ci, il y avait une lettre, ainsi qu'un superbe recueil vierge. La couverture y était joliment ornée d'un arbre. Dans son feuillage, il y avait des instruments de musique, des notes, des mots, dessinés à l'encre dorée et en relief. Un petit cadenas permettait de le fermer. Il le posa délicatement et ouvrit l'enveloppe.

Joëlle Farcilli, directrice
Collège Beluzzi
Chemin de Baguer-Pican
35400 Saint-Servan

Saint-Servan, le 19 mai 2017

Yann, ce que j'ai appris dans ton courrier m'a beaucoup touchée. Je te rassure, Miroslav n'a pas été renvoyé en Croatie, il est actuellement scolarisé au collège public de Dol-de-Bretagne.

D'abord, je voulais te dire que tu n'as rien à te reprocher.

La mère de Miroslav s'est mal comportée. Elle aurait dû te parler correctement, ne pas s'énerver sur toi, ni tenir des propos déplacés. Si elle m'a menti sur les vraies raisons du départ de son fils, c'est probablement qu'elle était mal à l'aise. Je comprends que cela soit lourd à porter pour toi.

J'ai joint à ce courrier un recueil que je t'offre avec grand plaisir.

Je te suggère d'en faire ton journal intime. Tu pourras y écrire tes peines, tes colères, tes angoisses... ce sera comme un confident. Personne d'autre que toi ne pourra le lire sans ton autorisation.

Crois-en mon expérience, Yann, c'est un très bon moyen pour se libérer des émotions difficiles, parfois mieux qu'un thérapeute !

D'autre part, Madame Diaz m'a fait part de tes aptitudes en français. Elle m'a montré certains de tes textes qui m'ont impressionnée. Il se trouve que tous les mardis j'anime un atelier d'écriture auquel participent certains de tes camarades. Au cours de celui-ci, chacun écrit sur des thèmes que je propose et on se les lit ensuite. On fait aussi des jeux avec les mots. On s'amuse, réellement. Si tu veux venir, c'est avec joie que je t'accueillerai. De toute façon, tu peux toujours essayer, et si ça ne te plaît pas, tu n'es pas obligé de continuer. Simplement, tiens-moi au courant.

Je te souhaite, Yann, une bonne journée, et je te le dis une dernière fois, tu n'as rien à te reprocher.

J. Farcilli

Yann lut une seconde fois la lettre, puis il observa longuement la gravure sur la couverture du recueil. Machinalement, il fit tourner les pages du bout des doigts. Il le porta à ses narines, il sentait bon le cuir.

Madame Farcilli avait été compréhensive avec lui, il ne devait pas la décevoir.

Vingt-et-unième chapitre

Où Yann participe à un atelier d'écriture

Sur l'étagère, face à son lit, Yann avait enlevé le portrait que sa mère aimait tant, celui de ses quatre ans, où il avait l'air si coquin. Il l'avait soigneusement emballé dans du papier de soie, puis l'avait rangé dans un tiroir. Et sur le chevalet, il avait installé le recueil que lui avait offert Madame Farcilli.

Chaque matin, il caressait l'arbre, suivait le relief des instruments du bout des doigts, soufflait sur les notes et les mots. Il imaginait ainsi qu'ils s'envolaient et se transformaient en musique, en poésie. Le soir, il répétait ce rituel pour préparer ses rêves. Puis, il se déshabillait, se mettait dans son lit et s'endormait paisiblement.

Il aimait bien ce monde de la nuit, du paradoxe...

Il n'avait cependant pas oublié le conseil de sa directrice sur le journal intime. Mais, le sien, il l'avait dans la tête, et il n'avait aucune difficulté à y graver ses joies, ses peines, ses chagrins. Il n'avait qu'à fermer les yeux pour le retrouver.

****

Yann avait commencé les ateliers d'écriture. Ils étaient cinq à y participer. Il était le seul garçon. Cela débutait toujours par un rituel : le vide-poche. Il s'agissait d'écrire pendant trois minutes. On ne devait pas s'arrêter avant le top final. Chacun pouvait lisait sa production, parfois drôle, parfois sans queue ni tête. Il aimait bien cette expression, et essayait d'imaginer un animal sans queue ni tête. Il appréciait l'incohérence de l'exercice. Puis, Madame Farcilli proposait le thème d'écriture du jour. Cela pouvait être un texte. Quand c'était de la poésie, il s'agissait de bien compter le nombre de pieds dans les vers. Certaines fois, c'était totalement libre.

Enfin, chacun notait cinq mots sur des petits papiers, les mettait dans un chapeau. Un volontaire en tirait une dizaine. Il fallait s'en servir pour inventer une histoire où figuraient ces mots.

Au début, Yann ne s'autorisait pas à partager son imaginaire, il avait peur d'être jugé. Les autres participants n'hésitaient pas à lire leurs productions, même bizarres, alors il finit par accepter la règle du jeu. Et comme ses écrits étaient appréciés, cela l'encourageait à continuer. C'était tellement agréable d'être reconnu.

Un jour, la consigne fut d'écrire une fable à la manière de La Fontaine. Madame Farcilli fut si impressionnée par le texte rédigé par Yann, qu'avec sa permission, elle l'imprima, le mit sous verre et l'accrocha dans son bureau.

****

La Souris, l'œil et sa conscience

Une souris fort dégourdie avait quitté sa colonie,
Cela faisait bien longtemps qu'elle était partie,
Et son vieux corps endolori ne lui laissait que peu de répit.

Elle croisa sur son chemin un félin bien mal en point.
Qu'as-tu, bel animal, prince du Bengale ?
Je suis malade, et seul un œil de souris pourrait me redonner fringale.
C'est le roi des animaux et je ne suis presque rien,
Je ne peux à dessein le laisser ainsi dans le besoin...
Aussitôt pensé, aussitôt fait... Et notre amie, devenue borgne, reprit son chemin.

Elle rencontra un cormoran qui tournoyait, déboussolé.
Qu'as-tu bel oiseau, toi qui des cieux est la majesté ?
J'ai perdu l'orientation, seul un œil de souris pourrait me rendre raison.
Je suis si petite et c'est le seigneur des airs, je ne peux accepter qu'ainsi il désespère.
Aussitôt pensé, aussitôt fait... Et voilà notre amie plongée
Dans la plus complète des obscurités.

Mais, de son courage, elle fut récompensée, car en aigle royal
Elle a été réincarnée.
Moralité
Soit altruiste, fais preuve d'humanité,
Et même si le sacrifice te paraît lourd à porter,
N'hésite pas, tu en seras au centuple gratifié.

Le texte de Yann, dans le bureau de la directrice, ne laissa pas indifférent. Certains le félicitèrent, d'autres le détestèrent, par jalousie, par méchanceté. Des rumeurs de favoritisme coururent. On entendit même qu'il était le neveu de Madame Farcilli. Ces bruits infondés eurent une saveur amère et douloureuse...

Alors, il ouvrit le recueil et y jeta pêle-mêle ses rancœurs. Il y laissa aussi quelques larmes.

Vingt-deuxième chapitre

Où il est question de l'orientation scolaire de Yann

Le collège de Saint-Servan avait été une véritable bulle privilégiée où Yann avait pu se reconstruire. Mais, malheureusement, l'enseignement s'y achevait avec la classe de troisième.

La finitude d'une bulle est inexorable. Soit elle explose, soit elle se désintègre lentement. Il valait mieux que la période *Beluzzi* soit dans la seconde catégorie.

****

Madame Farcilli reçut les parents de Yann afin d'envisager l'avenir.

— Votre fils vient d'obtenir avec brio son brevet des collèges. Je l'ai félicité pour ses résultats. Il se pose maintenant la question de son passage en Seconde. La transition vers un établissement conventionnel est souvent difficile et mal vécue par nos élèves, car les pédagogies y sont très différentes. Yann est l'un de nos plus brillants éléments. Il est aussi très fragile, je ne vous apprends rien. Il est arrivé ici psychologiquement mal en point, et c'est la spécificité de notre enseignement qui lui a permis de s'épanouir. Le seul lycée *Beluzzi* qui existe est en région parisienne. Personnellement, j'élimine cette solution.

— C'est effectivement peu envisageable, confirma Sarah.

— Il pourrait certes intégrer un des établissements publics malouins, je ne vous le conseille pas. Ils sont trop traditionnels pour lui. L'offre privée n'est pas adaptée, non plus, trop axée sur la performance.

— Que nous proposez-vous, alors ?

— La seule structure à taille humaine qui pourrait lui convenir est à Rennes. Je connais le directeur et l'équipe y est très dynamique. Je pencherais pour vous y orienter. Cependant, vous quitter, changer d'environnement, signifie perdre les repères qu'il s'est construits et qui sont si importants pour lui. Qu'en pensez-vous ?

Jonathan prit la parole :

— Effectivement. Il semble qu'il n'y ait pas de solution idéale. Il faut donc choisir l'option qui nous paraît la moins mauvaise, si je comprends bien.

— Tout à fait. Je ne vois pas Yann en internat. Est-ce que vous n'auriez pas une relation rennaise, qu'il connaîtrait bien, chez qui il pourrait loger et représenterait une présence rassurante ?

Ce fut Sarah qui réagit :

— Les Kefandelec ! Il les fréquente depuis longtemps et ils ont une chambre puisque leur fils est parti faire ses études à Paris !

— Oui, c'est vrai, dit Jonathan. Je vais leur passer un coup de fil pour tâter le terrain.

— Donc, vous avez peut-être une solution ?

— Probablement, je vais voir.

— Tenez-moi au courant. Je vais malheureusement devoir vous laisser, j'ai d'autres parents à rencontrer.

Ils se saluèrent, puis les Chandelis reprirent le chemin de leur demeure.

— Les Kefandelec, ça me paraît une super idée ! Tu crois qu'Yves accepterait ? demanda Sarah.

— Je vais l'appeler. Je pense qu'il ne peut pas me refuser ça !

— Il faudra aussi qu'on en parle avec Yann.

Vingt-troisième chapitre

Où il est question d'Yves Kefandelec et d'un lycée à Rennes

Le téléphone sonna chez les Kefandelec.

— Salut, Yves !

— Quel plaisir de t'entendre, Jon ! Tu sais que ça marche fort, ton truc. Ici à Sidaction Bretagne, on a recensé plusieurs milliers de signatures ! Le patronyme Chandelis va bientôt devenir aussi célèbre que Veil !

— Oh, la notoriété, je n'en ai rien à faire ! Pour moi, ce qui compte, c'est le nombre de vies sauvées.

— Ne joue pas au modeste mon pote. Ça te fait bien plaisir, sinon, tu ne te serais pas lancé là-dedans !

— Écoute, j'ai un service à te demander...

— Tout ce que tu veux, frère ! Tu sais que grâce à toi que Gregory est guéri !

— Voilà, Yann vient d'avoir son brevet avec la mention très bien.

— Félicitations, éleveur de champions !

— Merci... Sarah y est aussi pour quelque chose ! Son enseignante souhaiterait qu'il intègre un lycée à Rennes, mais elle pense qu'il a encore trop besoin d'un cadre sécurisant et on s'est dit avec...

— Qu'il pourrait venir à la maison ? Il n'y a aucun problème. La chambre de Grégo est libre, maintenant qu'il est à Paris ! Je vais poser la question à Maryse, mais je suis sûr qu'elle sera enchantée.

— Ce ne sera que temporaire, et je tiens à te rémunérer.

— Arrête ton char... Grâce à toi, notre fils est guéri, tu entends, guéri ! C'est le plus beau cadeau que tu m'aies fait, et ça, je t'en serais éternellement redevable.

— Je te remercie, Yves. Je savais que je pouvais compter sur toi. Si ta femme n'est pas de ton avis, je comprendrais.

— Tu rigoles, Jon ? Allez, à la revoyure !

Sarah était dans son bureau. Jonathan entrouvrit la porte.

— C'est bon ! Yves est d'accord.

— Génial, on en parlera ce soir !

Yann fut excité et ravi de la proposition. Il appréciait beaucoup Maryse et Yves. Il allait découvrir la ville, il était maintenant un adolescent pressé de devenir un homme.

Madame Farcilli fut informée de la décision et fit les démarches nécessaires pour l'inscription au lycée *Pauline Kergomard.*

Début septembre 2021, Yann emménagea chez les Kefandelec. Sarah et Jonathan venaient le voir très régulièrement. Il finit par leur signifier qu'il n'était plus un enfant. Il prit son autonomie à *bras le corps*, s'adapta à sa nouvelle vie et y trouva réellement goût.

****

La pédagogie d'enseignement de *Kergomard* était relativement proche de celle de *Beluzzi* et Yann continua à briller. Sur le plan relationnel, il avait appris à se montrer sociable. Du moins, il avait compris qu'il devait se conformer aux autres s'il voulait être accepté. Il avait gagné en maturité et tiré parti des expériences désastreuses de son enfance.

Il s'inscrivit dans un atelier d'écriture. Cela lui permit de se faire un groupe d'amis qui partageait sa passion des mots.

Le soir, pour faire comme les jeunes de son âge, il commença à sortir en discothèque, même s'il n'appréciait pas particulièrement. On lui fit découvrir la marijuana. Ce ne fut pas une bonne expérience. Tout ce qu'il gagna, ce fut un week-end complètement nauséeux, cloué au lit. Cela lui permit de comprendre qu'entre imiter les autres et vivre sur sa propre planète, il fallait trouver un juste milieu.

Régulièrement, il se mettait à son bureau, s'exerçait à l'écriture automatique, le fameux vide-poche, s'essayait à rédiger quelques vers de poésie. Il se sentait à l'aise à jongler avec les mots, les sens et les sonorités, c'était là qu'il parvenait à vraiment lâcher prise.

L'émancipation était positive. Il apprenait à s'adapter tout en sachant marquer sa différence.

****

Ces trois années de lycée à Rennes furent une période riche en découvertes. Toujours dans l'excellence, il obtint son bac scientifique avec la mention très bien. Après de nombreuses discussions avec ses professeurs, ses parents, les Kefandelec, il décida de faire une préparation en vue d'intégrer une école d'études politiques.

Vingt-quatrième chapitre

Où Yann reçoit un courrier qui l'émeut

Fin juillet, Yann reçut une lettre. Il reconnut l'écriture fine de sa grand-mère, sa Ma-Lou. Il décacheta l'enveloppe avec impatience.

Mon chéri,

Je profite de Biarritz. Je suis pour trois semaines en thalassothérapie. C'est le cadeau que je m'offre chaque année à cette période. Ça me rappelle de bons souvenirs. Avec ton grand-père, nous y venions déjà. Le gouvernement allemand lui payait la cure en réparation des atrocités commises sur sa famille pendant la Shoah. Enfin, aucune compensation ne fera revenir les corps réduits en cendres. Tu as certainement vu ce film culte, « Le Pianiste », l'histoire vraie de cet officier qui sauva un musicien juif dans le ghetto de Varsovie en ruine. Dans son journal intime, il écrivit cette phrase prémonitoire : « Le peuple allemand aura à payer pendant des générations pour la barbarie nazie ». C'est malheureusement la vérité.

Mais je m'égare, je ne peux pas m'empêcher d'être rattrapé par mes vieux démons. Excuse la vieille femme que je suis. En fait, je voulais surtout te féliciter pour l'obtention de ton baccalauréat et ta mention très bien. Ton grand-père aurait été fier de toi, il aurait dit que tu es un Mensch, un homme en yiddish, dans son sens le plus grand et le plus vertueux.

Je sais que tu vas réussir dans tes études, car tu es sérieux et tu as des qualités hors du commun. Aie confiance en toi.

J'ai décidé de vous rendre visite à la mi-août. J'ai déjà réservé mon billet de TGV pour l'aller. Je vais enfin pouvoir te serrer dans mes bras, cela fait si longtemps, j'ai tellement hâte. Ne t'étonne pas de voir ta grand-mère avec une canne, mais je me déplace de plus en plus difficilement et mon équilibre devient hasardeux. Mieux vaut ne pas prendre de risque !

Ta grand mère qui t'adore et se languit de toi.

PS J'ai glissé un billet de deux cents euros. C'est avec grand plaisir que je te les donne. Profites-en, tu le mérites amplement.

Yann replia soigneusement le courrier et la rangea dans un tiroir de bureau.

Vingt-cinquième chapitre

Où Yann est embarqué dans une soirée et comment cela se finit

Par cette après-midi particulière de juillet 2024, on frappa à la porte de la chambre de Yann. Avant qu'il ait eu le temps de répondre, ses amis firent irruption dans le studio.

— Bon anniversaire, mon Yannou ! Prépare-toi pour la fête, on repasse te chercher dans une heure !

— Encore dans tes livres ? Il faut lâcher un peu, mon pote, l'année est finie !

— Prêt pour honorer ce moment crucial de ta vie, tes dix-huit ans ? Ce n'est pas rien !

— On t'a concocté une soirée aux petits oignons !

— Tu n'as rien à dire, juste à suivre le mouvement !

Et ils s'esquivèrent.

Yann se frotta le visage. Il n'aimait pas les surprises. Pour cette occasion, il se devait de jouer le jeu et se montrer enthousiaste et reconnaissant. Il ouvrit sa petite armoire. Le choix n'était pas fameux. Il trouva tout de même une chemise blanche, un jean noir relativement récent, une paire de mocassins acceptable et un joli blouson léger bleu.

Ce fut sa copine Adeline qui monta le chercher.

— Tu es beau comme un sou neuf ! Viens, les autres nous attendent dans la voiture.

Quentin était au volant, c'était le plus âgé de la bande. Fils de médecin, il avait vingt ans et possédait sa Citroën Bingo. Yann allait s'engouffrer à l'arrière lorsque son ami l'interpella.

— Tu rigoles, tu es la star de la soirée, tu montes devant !

Il s'installa sur le siège avant. La voiture démarra, et s'inséra sur le périphérique. Ils prirent la sortie en direction de Saint-Malo.

— On va à la mer ? questionna Yann.

— T'inquiète ! On ne te ramène pas chez tes parents en tout cas !

Après une trentaine de kilomètres, ils quittèrent la quatre-voies pour s'engager sur une départementale de campagne. Ils traversèrent plusieurs hameaux et parvinrent à la bourgade de Montreuil-sur-Ille. Quentin gara la voiture, sur le parking d'une petite auberge qui se nommait *La Jolie Rive*. L'endroit était charmant, bucolique. La terrasse se situait à l'arrière de la bâtisse, au bord de la rivière. Le propriétaire des lieux les accueillit et les accompagna à leur table.

— Alors, c'est qui, la vedette de la soirée ? Vous ! Félicitations ! Et bon anniversaire ! Je vous laisse consulter la carte. Tout est frais et cuisiné maison. Nous nous approvisionnons uniquement dans le circuit court ! Prenez votre temps pour choisir !

Et il s'éloigna.

— C'est trop, les amis ! s'exclama Yann, vous avez fait des frais, je tiens à participer !

— T'inquiète ! répondit Quentin. Mes parents connaissent le patron. Je me suis arrangé. Profite, c'est cadeau pour toi, ce soir !

Le dîner fut excellent et bien arrosé. Les étudiants discutaient, de tout et de rien, de leurs souvenirs, de leurs professeurs. L'alcool aidant, ils riaient fort en se racontant des blagues potaches. Seul Yann était sobre. Ses compagnons faisaient tout pour l'intégrer à leurs échanges. Lui essayait de faire bonne figure, mais il se sentait ailleurs.

Comme il n'avait pas l'habitude, le peu de vin qu'il but lui fit tourner la tête.

Lorsque la nuit commença à tomber, les serveurs allumèrent des chandelles. L'ambiance devint intimiste. Pour le dessert, on amena un framboisier. Ses amis entonnèrent un *bon anniversaire*, bientôt accompagnés par l'ensemble des convives.

— Allez, souffle, mon pote !

Yann prit une grande inspiration et éteignit les dix-huit bougies. Tout le monde applaudit. Ils se remplirent les flûtes de Champagne, trinquèrent et se régalèrent de l'excellente pâtisserie.

La nuit était pratiquement tombée lorsque Quentin se leva.

— Bon, ce n'est pas tout ça, on doit rentrer sur Rennes. La fête n'est pas finie.

— Qui conduit ?

— Celui qui a le moins consommé !

— Non, pas toi, Yann ! Tu es le prince de la soirée, tu te laisses transporter... Adeline ! dit-il en lui lançant les clés.

— Mouais, répondit-elle...

Ils s'entassèrent dans la voiture. La jeune femme démarra et s'engagea sur la petite route. Yann n'était pas rassuré. Il trouvait qu'elle roulait vite et trop au milieu. Un véhicule leur fit des appels de phares. Adeline donna un coup de volant sur la droite et évita de justesse la collision. Il aurait voulu proposer de conduire, mais il n'osa pas de peur de vexer sa camarade. Ils arrivèrent enfin à Rennes, il en fut soulagé.

— Suite des festivités, le mail François Mitterrand ! annonça Quentin.

C'était l'endroit branché de la ville, les *Champs-Élysées* rennais. Les restaurants et les cafés étaient toujours très fréquentés même tard la nuit. Ils pénétrèrent dans la brasserie *Les Grands Gamins.* Le lieu était bondé, ils commandèrent les boissons. Lorsqu'ils eurent fini leurs consommations, que les conversations se furent taries et que la musique marquait une pause, Yann suggéra :

– On ne pourrait pas aller ailleurs, on n'arrive pas à s'entendre, ici !

– Il a raison ! Si on allait faire une petite balade ?

– On y va. L'air frais nous remettra les idées au clair !

Et, plus ou moins éméchés, ils partirent bras dessus, bras dessous.

– Si on s'asseyait sur ce banc, proposa Quentin, j'ai quelque chose pour clôturer cette soirée inoubliable !

Alors qu'ils s'installaient, il sortit un sachet de sa poche.

– Tiens Yann, goûte-moi ce bonbon, tu m'en diras des nouvelles !

Il lui tendit une pastille. Soudain, ils aperçurent une patrouille de policiers qui se dirigeait vers eux. *Il était temps pour eux de déguerpir.* Adeline tenta bien d'entraîner Yann, mais celui-ci résista, hébété.

Déjà, l'homme de loi posait sa main sur l'épaule de l'étudiant.

Vingt-sixième chapitre

Où Yann passe un mauvais moment

La pièce était petite et sans âme. Seul un tableau en liège fixé au mur égayait l'atmosphère avec ses punaises multicolores. L'homme était assis derrière son bureau. Devant lui, un ordinateur portable, quelques feuilles vierges, un pot à stylos. Il devait avoir la cinquantaine, n'était pas très grand, les cheveux mi-longs qui grisonnaient, le visage rond. Il portait des lunettes métalliques sous lesquelles se cachait un regard perçant. Il émanait du personnage une certaine bienveillance. Était-elle réelle, était-elle construite ? En tout cas, il ne correspondait pas du tout à l'archétype du commissaire.

Face à lui, Yann se tenait tête baissée. Sa chemise blanche, son blouson bleu, son jean noir avaient perdu de leur splendeur. Il paraissait tétanisé par une situation qui le dépassait.

– Alors, jeune homme, vous allez devoir m'expliquer comment cette pilule d'ecstasy s'est retrouvée entre vos mains. Si vous voulez éviter de prolonger la garde à vue, il va falloir m'aider.

– …

Constatant que l'interrogatoire était bloqué, l'officier de police décida d'une stratégie plus conciliante.

– Bien, racontez-moi ce qui s'est passé avant que mes collègues ne vous interpellent.

– …

– Soyez raisonnable, vous ne ressemblez ni à un dealer ni à un consommateur de drogue. Avec la carte d'étudiant que j'ai trouvée dans votre portefeuille, j'ai pu joindre votre directeur. Il a été extrêmement surpris de mon appel. Il m'a fait un portrait élogieux de vous. Un lycéen qui a réussi son baccalauréat avec la mention très bien n'est à priori pas un délinquant. Vous avez probablement été entraîné par des amis. Expliquez-moi, j'ai besoin de votre aide.

Pour la première fois, Yann leva la tête et regarda le commissaire. Une larme avait coulé le long de son visage.

— Après avoir fêté mes dix-huit ans dans un restaurant, balbutia-t-il, on est revenu sur le mail prendre un verre. Ensuite, on est allé faire une balade et on m'a donné cette pastille.

— Qui, « on » ?

— ...

— Je répète, qui « on » ?

— Un ami.

— Comment s'appelle-t-il ?

— Je ne suis pas une balance !

Le commissaire commençait à être agacé par la tournure de l'entretien.

— Puisque vous vous entêtez à refuser de coopérer, je vais devoir vous inculper pour détention de substances illicites. Je ne suis pas sûr que votre père apprécie...

À ces mots, Yann blêmit.

— Vous n'avez pas à le prévenir. Je suis majeur et seul responsable de mes actes.

— La loi, cher monsieur, me donne tous les droits pour confronter les trafiquants de drogue.

Il trouvait que cela n'avait que trop duré. Il s'apprêtait à demander à sa secrétaire d'appeler le docteur Chandelis lorsque l'on frappa à sa porte.

— Qu'est-ce que c'est ?

— Il y a un jeune homme qui souhaite vous rencontrer, monsieur le commissaire.

— Je suis occupé qu'il prenne un rendez-vous !
— Il dit que c'est important. Que cela concerne l'affaire que vous êtes en train de traiter.
— Faites-le entrer !

Yann vit alors Quentin, penaud, pénétrer dans le bureau.
— Monsieur le commissaire, mon ami n'y est pour rien. Il est innocent. C'est moi qui lui ai donné la pastille d'ecstasy. Je suis le seul responsable.
— Intéressant. À qui ai-je l'honneur ?
— Quentin de Margelec.
— Le fils d'un notable en vue... de mieux en mieux... nous sommes entre gens du monde ! Et pouvez-vous me communiquer le nom de votre fournisseur ?
— Monsieur le commissaire, vous n'êtes pas sans savoir qu'il y a malheureusement une infinité de petits dealers à la sortie des lycées, dont on ignore l'identité.
— Je suis d'accord, c'est tristement la réalité.

Puis, reprenant de la prestance.
— Je vais devoir vous inculper. Vous recevrez une convocation pour comparution au tribunal. Ne soyez pas trop inquiet, vous avez un casier judiciaire vierge. Vous n'écoperez que d'une peine avec sursis. En attendant, vous êtes libres, tous les deux. Que cela vous serve de leçon !

Ils se serrèrent la main puis quittèrent le commissariat. Lorsqu'ils furent dans la rue, ils tombèrent dans les bras l'un de l'autre. Quentin se confondit en excuses à l'oreille de son ami. Ils pleuraient tous les deux.

Vingt-septième chapitre

Où Yann prépare son concours et ce qu'il en advint

La préparation pour le concours d'entrée en école politique se déroula à Rennes pendant l'année scolaire 2024/2025.

Yann dut s'adapter au changement drastique de pédagogie. Ce ne fut pas facile.

Les approches de *Beluzzi et Kergomard* avaient cultivé chez lui la créativité, les capacités de raisonnement. Or, là, il s'agissait d'apprendre pour apprendre, dans un seul but : *être sélectionné.*

Montaigne doit se retourner dans sa tombe. Ils veulent des têtes bien pleines et non des têtes bien faites.

Les autres étudiants ne semblaient pourtant pas se formaliser de ce bachotage. Ils y avaient probablement été formatés depuis bien longtemps. Alors, il s'accrocha, se conformant à la demande. Mais il avait appris, au fil de ses expériences, à se ménager des moments de liberté : dans la lecture, dans l'écriture, dans la marche… En cours, il ne pouvait s'empêcher de poser des questions, émettre des hypothèses, chercher le sens profond des choses. Les enseignants finirent par apprécier cet étudiant atypique. S'il parvenait à se structurer par rapport au système, ils lui prédisaient un bel avenir.

La préparation achevée vint la période des choix. Yann fit l'impasse sur Paris, c'était une trop grande ville. Il concourut à Rennes, Rouen et Lille. Il fut admis à l'école des Hautes Études Politiques de la métropole lilloise.

Ce fut alors le temps de vacances bien méritées. Yann avait hâte de rentrer à Saint-Méloir-des-Ondes, retrouver sa chambre, ses parents, ses amis, et la mer, pleine d'énergie, qui le nourrissait.

Vingt-huitième chapitre

Où il est question de Lille et des Hautes Études Politiques

C'était l'été 2025. Yann se fit accompagner à Lille par son père. Les chambres universitaires, comme chaque année, avaient vite été saturées, et ils durent se tourner vers les réseaux des agences immobilières privés. Ils finirent par visiter un studio qui leur convenait, dans une petite résidence étudiante du vieux Lille. Sa surface n'était que d'une quinzaine de mètres. Il était simple, mais très fonctionnel. Il avait été rénové récemment et disposait d'une cuisinette intégrée. Yann pourrait ainsi éviter la nourriture industrielle de la cantine. Malgré les belles paroles, le bio était loin d'être généralisé.

Je sais faire des œufs au plat, cuire des pâtes, du riz. C'est la base du régime étudiant !

Le vieux Lille était le centre historique de la ville. Le quartier pavé avait été rénové avec goût. On y trouvait des magasins sélects, des bars, des restaurants branchés, des galeries d'art. Les fast-foods n'y avaient pas leur place. Certes, c'était un peu loin des locaux de HEP [1], et il n'y avait pas de station de métro à proximité, mais il avait adoré l'espace piéton. De toute façon, il comptait utiliser son vélo. Il n'avait, en effet, aucunement l'intention de déroger à son mode de locomotion favori. Et ce serait *son vieux Peugeot,* il ne fallait pas lui parler de cycle électrique.

****

1. École des Hautes Études Politiques

Quelques semaines plus tard, Jonathan déménagea son fils. C'était le grand bond dans l'autonomie. Et Madame Kefandelec ne serait plus là pour lui préparer de bons petits plats ou laver son linge...

Vint le jour de la rentrée. L'école des Hautes Études Politiques était installée dans un bel immeuble du dix-neuvième siècle dans le quartier République, en plein centre de Lille. L'architecture avait été pensée avec goût. Le moderne se mêlait à l'ancien dans une perspective très réussie.

****

Ce matin-là, dans l'amphithéâtre, il y avait trois-cents étudiants, qui, comme Yann, venaient des quatre coins de France et avaient tous une histoire singulière. Mais ce *tout* massif et impersonnel avait plutôt tendance à l'angoisser.

Le responsable des programmes gagna l'estrade, il présenta l'école et brossa un aperçu du cursus. Il insista sur la transversalité des enseignements. Le menu proposé paraissait alléchant : du droit, des sciences politiques, de la sociologie, des options artistiques. Le but était de développer chez les étudiants un esprit critique, leur apprendre à réfléchir avec rigueur et méthodologie. À l'issue des trois années de formation, ceux-ci feraient un stage long à l'étranger.

Au fil des cours et rencontres, des amitiés se créèrent et des petits groupes se formèrent...

Yann s'était fait cinq amis. Anne-Sophie et Jean-Philippe venaient de Paris, Leïla de Lyon, Estelle de Rouen et Gilles de Cébazat près de Clermont-Ferrand. Ce dernier était fils d'agriculteur, il faisait partie des minorités intégrées.

Vingt-neuvième chapitre

Où il est question de Leïla

Yann s'apprêtait à entrer dans la cafétéria. Il s'arrêta net dès qu'il La vit. Machinalement, il palpa le feuillet qu'il gardait précieusement dans sa poche.

Elle sirotait un coca. Il La dévorait des yeux. Par-delà sa beauté lumineuse, il émanait d'elle quelque chose de particulier qui le fascinait, et qu'il n'arrivait pas à définir.

Pourquoi moi, juif ashkénaze, quand bien même très assimilé, suis-je tant attiré par cette jeune femme magrébine d'origine du Maroc ?

Il s'était toujours perçu comme un animal étrange parachuté dans un monde qui n'était pas le sien. Il avait l'intuition qu'il en était de même pour Leïla. Il ne savait dire pourquoi, c'était une évidence qui s'imposait à lui. Ça remontait du plus profond de lui-même. Ça avait réussi à franchir toutes les strates de son inconscient pour parvenir à sa conscience.

Je viens de la trouver. Je suis son yang et elle est mon yin.

Il se dirigea directement vers elle.
— Bonjour Leïla, hésita-t-il.

Elle leva la tête et le regarda.
— Yann ! Assieds-toi... Tu veux boire quelque chose ?
— Ce serait plutôt à moi de te le proposer !
— Allons, cette époque est révolue !
— Alors, un thé glacé !

Ces débuts lui parurent prometteurs. Il toussota, puis se lança.

— Leïla, depuis que nous nous côtoyons, je perçois comme une connexion, une force magnétique qui m'attire à toi...

— Cela me touche, ce que tu me dis. D'habitude, les garçons me draguent, c'est souvent superficiel. Toi, tu arrives, tu prononces des mots si justes. Comment parviens-tu à me décrypter si finement ?

— Je ne sais pas l'expliquer, ça s'impose à moi.

— J'ai vraiment le sentiment d'être mise à nue... que tu scannes *mon Moi intime...*

— Je suis un animal étrange, Leïla... et j'ai l'intuition qu'il en est de même pour toi !

— Oui, tu m'as bien perçue, Yann, je suis comme toi un animal étrange et solitaire. Déjà petite, observer les fourmis me suffisait, au grand dam de mes parents. Ils se décarcassaient pour me socialiser, et moi, je prenais un malin plaisir à tout faire capoter !

— Tu étais une sacrée peste !

— Je ne le faisais pas exprès... Par contre, au niveau scolaire, ils n'avaient pas à se plaindre de moi, j'excellais ! Là-dessus, ils pouvaient se rattraper !

— Tu n'as pas changé, tu es toujours aussi impressionnante.

— Merci... Figure-toi que la nuit, je lisais sous mes draps. Je m'éclairais avec une lampe de poche !

La serveuse apporta le thé glacé, ce qui permit à Yann de se donner une contenance.

— Moi, c'était un peu pareil. Ma seule amie, c'était ma grand-mère. C'était trop cool avec elle. Et puis, avec mes parents, nous sommes partis sur un bateau en Afrique. On y a habité trois ans !

— Génial ! Tu avais quel âge quand tu es parti ?

— Huit ans !

— Il faudra que tu me racontes !

— J'y compte bien !

— Si je ne me trompe pas, tu es rentré en France pour le collège ?

— Oui, et ça a été compliqué. Les autres me trouvaient bizarre. Et c'était réciproque. J'ai disjoncté pendant un cours de judo. Mes parents ont compris que je n'allais pas bien et m'ont mis dans le privé.

— Tu as vu des psys ?

— Ne m'en parle pas. Sauf un, tiens, il s'appelait Antoine, ça me revient. Il était psychomotricien, et lui, il a su m'écouter !

— La chance ! Moi j'en ai aussi consulté beaucoup, s'exclama Leïla ! J'ai eu le droit à toutes les étiquettes ! *Des vertes et des pas mûres.* Imagine-toi qu'ils m'ont même prise pour une psychotique !

— Et tu t'en es sortie comment ?

— Sur les conseils d'une collègue de mon père, mes parents m'ont envoyé faire une semaine à l'hôpital Françoise Dolto de Lyon. Ils m'ont observée, *sous toutes les coutures*, et ils ont enfin posé le bon diagnostic.

— Alors ?

— J'étais porteuse d'une forme particulière d'autisme qu'on appelait alors le syndrome d'Asperger. Tu as entendu parler de personnalités neuroatypiques ? Eh bien, c'est moi !

— Et tu as vu un psychiatre ?

— Oui ! Mais probablement pas comme tu l'imagines. Il était très humain. Il m'avait dit *« si tu habitais en Aspergerland, ce serait aux autres de s'adapter à toi ».*

— C'est drôle, dit Yann, on est là depuis un quart d'heure, et j'ai l'impression qu'on se connaît depuis une éternité !

— Je commence à croire que nous partageons vraiment

quelque chose. Nos fonctionnements semblent tellement se ressembler !

— Tu veux dire que nous serions tous les deux…

— Oui, tu serais neuroatypique, ça ne m'étonnerait pas !

— Tu ne vas pas un peu vite ?

— Écoute, tout mon parcours a été un chemin de croix. En France, les démarches sont toujours très compliquées. Mais Lille n'est qu'à quelques kilomètres de la Belgique, à moins d'une heure de Bruxelles. Et les Belges sont bien plus avancés que nous en matière de dépistage. Va le faire là-bas !

— Tu as peut-être raison.

— Au moins, tu sauras !

Leïla regarda sa montre.

— Ce n'est pas tout ça, mais il faut que j'y aille. Ça a réellement été un réel plaisir, Yann.

Elle paya les consommations.

— Je te remercie… Tu sais, Leïla, j'ai quelque chose pour toi… Je participe à un atelier d'écriture et, l'autre soir, j'ai composé un poème et… tu as été mon inspiratrice.

Il lui tendit un feuillet. Elle lut à voix haute.

Elle n'était pas que jolie,
Et son petit grain de folie,
Lui donnait un charme à l'envie...

Elle n'était pas que jolie,
Je buvais ses mots jusqu'à la lie,
Et sa voix résonnait en moi à l'infini...

Elle n'était pas que jolie,
C'était un être plein de fantaisie,
D'une tendre finesse qui m'a ravi...

Elle n'était pas que jolie,
C'était aussi celle qui façonnait mon harmonie,
Qui enchantait mes rêves chaque nuit...

Elle leva les yeux vers lui.

— C'est vraiment beau... et touchant !

— Je te remercie. Tu sais, j'ai apprécié le moment passé avec toi. J'aimerais que l'on se fréquente, Leïla...

Ils rougirent. Ni l'un ni l'autre n'était prêt à faire le premier pas, même s'ils en avaient tous les deux très envie.

****

La qualification « Syndrome d'Asperger » perdura jusqu'au début des années 2000. Elle trouvait son origine dans le patronyme du médecin autrichien qui en avait fait la description en 1944. Lorsque la communauté scientifique apprit, à la faveur de la publication d'une thèse, que le bon docteur avait eu le mauvais goût de collaborer avec le régime nazi pendant la Seconde Guerre mondiale, son image fut sérieusement ternie. Le syndrome d'Asperger fut rebaptisé « personnalité neuroatypique » et référencé dans la nosographie psychiatrique comme une forme légère du trouble du spectre de l'autisme. Cette nouvelle appellation fut controversée par les intéressés eux-mêmes, qui se sentirent dépossédés de leur particularité, ainsi que par certains praticiens qui continuèrent à utiliser l'ancienne dénomination. Différents gènes sont impliqués, à des degrés divers, ce qui explique les variabilités entre individus. Ceux qui montrent une intelligence supérieure prennent le qualificatif de « Haut Potentiel ». Le fonctionnement des porteurs de cette forme particulière des troubles de l'autisme est très efficace dans certaines tâches spécifiques (classification, mémorisation notamment).

Leurs lacunes concernent les interactions sociales et résultent d'une mauvaise transmission entre la réception et le traitement de l'information par le cerveau. Cela les amène à avoir une perception particulière de la vie. Dans le profil type, ces personnalités neuroatypiques, solitaires, parfois mutiques, souffrent de troubles de la communication non verbale et développent des rituels obsessionnels pour se rassurer. Elles sont également hyperesthésiques[a], ce qui rend leur quotidien très compliqué. Tous ne ressemblent cependant pas à cette description.

a. Sensorialité exacerbée transformant une ou des sensations en douleurs

Trentième chapitre

Où le docteur Van der Blick pose un diagnostic

Après avoir regagné sa chambre, Yann téléphona à son père. Il lui parla de ses échanges avec Leïla. Celui-ci reconnut avoir pensé à l'autisme Asperger, mais, happé par ses combats politiques, c'en était resté à l'état de réflexion.
— Je te cherche un contact, finit-il par dire.
— Merci, papa.

Quelques jours plus tard, Jonathan rappela son fils.
— Passe un coup de fil de ma part au professeur Van der Blick à l'hôpital central de Bruxelles. C'est un ponte.

Yann s'empressa de solliciter un rendez-vous. Ce ne fut pas facile. La secrétaire fit barrage, argumentant que la consultation du spécialiste ne pouvait être que la dernière étape d'un long processus. Cependant, la recommandation de son père agit comme un véritable sésame, et il ne dut attendre que quelques semaines pour rencontrer la sommité belge. Après quelques entretiens, le diagnostic semblait évident à celui-ci. Ce fut le caryotype qui apporta la confirmation scientifique : Yann présentait l'altération chromosomique caractéristique. Elle n'était que partielle, ce qui expliquait ses capacités assez correctes d'adaptation sociale. Vu les résultats des tests de quotient intellectuel, il pouvait être qualifié de Haut Potentiel.
— Vous avez d'excellentes qualités, jeune homme. Votre différence peut être un atout dans la vie. Prenez-le comme tel. Je vous conseille cependant d'entamer une psychothérapie.

Yann remercia chaleureusement le médecin.

****

Lorsqu'il retrouva Leïla, il lui glissa :

– Tu avais raison. Nous sommes bien deux animaux étranges, et de la même espèce !

Leurs regards se croisèrent, se comprirent, se sourirent. Leurs mains se touchèrent, se découvrirent...

– Je voulais aussi te dire quelque chose, balbutia le jeune étudiant.

– Je suis juif... et tu es musulmane. Je me disais que ce serait peut-être un problème si nos relations devaient...

– Et alors ? Nous sommes cousins, c'est formidable ! Ceci dit, je ne suis pas sûr que ça fera autant plaisir à mes parents. Mais ce n'est pas eux qui décident de ma vie !

– Tu es merveilleuse !

****

Leïla avait une chambre chez l'habitant à Lambersart dans la banlieue bourgeoise de Lille. Yann en connaissait maintenant le chemin par cœur : il prenait la rue Royale, remontait le canal de la Deûle, tournait à droite pour entrer dans la bourgade. C'était l'affaire d'un petit quart d'heure à vélo. Ils se réunissaient officiellement pour travailler. Leur relation sentimentale prit corps. Les deux animaux étranges s'apprivoisaient et leurs échanges se faisaient toujours plus tendres, toujours plus coquins. La propriétaire, une femme du nord, forte et dynamique, n'était pas dupe, mais laissait faire. Il n'abusa pas. Pour leurs doux ébats, il préférait son studio. Malgré leur union intime, ils tinrent à maintenir les liens sociaux avec leurs amis et le petit groupe perdura.

L'enseignement était lourd. Les étudiants devaient sans cesse intégrer de nouvelles connaissances. Le travail personnel demandé, très important, nécessitait une implication totale. Les examens, même si ce n'était plus des concours, étaient très sélectifs et nombreux furent ceux qui abandonnèrent en cours de route. Ils n'étaient donc pas trop de six à se soutenir face à l'ambiance parfois délétère de HEP.

Trente-et-unième chapitre

Où il s'agit de Prague et du petit groupe qui s'étoffe

Après trois ans de labeur, Yann et se amis de promotion consacrèrent l'année universitaire 2031 à leur stage de fin d'études. Ils choisirent de l'effectuer à Prague.

Ils prirent un appartement à la périphérie du centre historique. La capitale tchèque était un bijou d'architecture. Chaque construction était un monument en soi, avec son charme, sa spécificité. La ville était culturellement dynamique. On y vivait de jour comme de nuit. L'anglais y était parlé couramment. S'ils avaient imaginé cette année comme une période de vacances, ils s'étaient lourdement trompés. Leur programme était très dense et de surcroît en anglais. Avec le temps, le groupe s'étoffa de quatre recrues autochtones. Tous étaient impliqués et motivés.

Après une année d'études intense, ils décidèrent de clôturer leur cursus praguois par une semaine de randonnée itinérante en Bohème. Cette superbe région présentait une végétation luxuriante. Ils traversèrent des forêts, se baignèrent dans des rivières, campèrent à la belle étoile, dormirent dans des chambres d'hôtes. Ils découvrirent la Tchéquie, simple et authentique. Le climat était versatile et il n'était pas rare qu'à une période de ciel bleu azur succède une violente averse. Leur belle escapade finie, ils rentrèrent à Prague dans un authentique train tchèque qui paraissait d'une autre époque pour les Français, adeptes de la modernité et de la grande vitesse. Quelques jours plus tard, ils se séparèrent dans les larmes et se promirent rester en contact.

****

De retour à Lille, les jeunes Français furent diplômés du grade de Bachelor en études politiques. Ils avaient tous été sérieux et l'avaient amplement mérité. Puis, chacun repartit dans sa région d'origine.

Troisième partie

Trente-deuxième chapitre

Où Yann rentre en Bretagne, et tient à maintenir son autonomie

Après ces quatre années d'émancipation, ils avaient tous hâte de retrouver leurs proches. Leïla réintégra l'appartement rhodanien. C'est avec joie qu'elle retrouva sa famille. Elle prétexta des séminaires de formation afin d'aller passer quelques week-ends à Saint-Malo en toute quiétude. Elle fit connaissance de Sarah et Jonathan. Ils s'apprécièrent mutuellement. Elle aima la cité malouine, son énergie, ses spectacles de rue. Elle hésitait cependant toujours à présenter son compagnon à ses parents. Ceux-ci étaient d'un milieu modeste, musulmans traditionalistes.

****

Yann avait retrouvé la Bretagne, le cocon familial. Mais il n'était plus le même. Avec l'expérience lilloise, il avait gagné en maturité. Il maîtrisait les règles sociales. Il s'était totalement dédouané de l'ombre parentale oppressante. Et il avait découvert l'amour. Il se définissait dorénavant comme un jeune homme neuroatypique épanoui, plein de qualités et de compétences et voulait prouver au monde que sa différence était une force. Ce serait son immense défi pour les années à venir.

Il avait fini HEP. Ces trois ans d'étude et ce stage en République tchèque lui avaient forgé un esprit, critique et créatif. Pendant sa formation, il avait travaillé sur des projets humanitaires. Il avait maintenant envie de se confronter à la réalité de terrain. Il jugea utile de solliciter les conseils de son père.

****

Par une matinée de septembre, ils discutaient entre hommes en sirotant un cocktail maison, au bord de la piscine, pendant que Sarah était en train de se baigner.

— Alors, c'est agréable de buller, sans examens à préparer ? Tu avais plus l'habitude ? Elle n'est pas belle la vie, à Saint-Méloir ?

— C'est sûr ! répondit Yann. Mais ça me fait un grand vide. Je m'ennuie un peu de mes potes.

— Tu veux dire de Leïla, plutôt ? le railla son père.

— Non... enfin, oui, bien sûr, mais aussi mes potes !... Tu sais, je carbure à cent à l'heure et j'ai besoin d'avoir des projets qui trottent dans ma tête. Tu n'aurais pas une idée d'un mouvement où ma contribution pourrait être utile ?

— Tu as toujours eu la fibre écolo... ça ne te dirait pas de participer à des réunions au Parti écologiste français ? Il y a un groupe à Saint-Malo, je pourrais t'y introduire !

— Le PEF[1] ?

— Oui !

— Bien sûr que j'aimerais !

Sarah était sortie de la piscine. Après s'être séchée, elle s'était allongée sur le transat, et laissait le soleil couchant réchauffer sa peau dorée.

— Alors, les garçons, ça discute entre hommes ?

— J'étais en train de proposer à Yann d'aller faire un tour chez les écolos de Saint-Malo.

— Excellente idée !

****

1. Parti écologiste Français

Yann était devenu un homme. Il n'était pas question d'habiter chez ses parents. Il se mit à écumer les officines immobilières. Il fut séduit par un appartement des années 2020, dans Saint-Servan, une des communes qui constituait Saint-Malo. Situé au quatrième étage d'une résidence, il était lumineux et disposait de vastes espaces. Il tint à en parler à Leïla et lui fit parvenir la visite virtuelle que proposait l'agence. Celle-ci apprécia les volumes spacieux du logement. Elle déplora cependant que la construction soit relativement récente. Elle aurait préféré de l'ancien, et de préférence dans la cité fortifiée.

— Madame est exigeante ! Il faut que tu prennes conscience que le marché est limité, tout comme nos moyens, d'ailleurs ! Et puis, peut-être que tu finiras par prendre goût au calme servannais, loin du tumulte incessant d'intra-muros. Elle se rangea à ces arguments de bon sens et Yann entreprit les négociations. Le vendeur avait choisi de s'installer dans le nord de la France, non loin des plages de la nouvelle Riviera, à Dunkerque. Comme il avait besoin de fonds rapidement, il se montra accommodant sur le prix.

Cet appartement, Yann tenait à le financer lui-même, faire un emprunt comme tout le monde.

Hors de question que ce soit papa et maman qui paient !

Ceux-ci réglèrent les frais de notaire et l'apport personnel minimum. Pour le reste, il contracta un prêt classique. La vente se fit rapidement. Sarah et Leïla s'occupèrent de la décoration intérieure. Et quelques semaines plus tard, Yann put emménager.

Trente-troisième chapitre

Où Leïla présente Yann à ses parents

Leïla avait parlé de sa relation sentimentale à ses parents. Elle avait présenté Yann comme un brillant ami de HEP. Diplomate, elle avait pris soin d'omettre le détail qui pourrait fâcher : la judaïté. Mais était-il juste de qualifier son compagnon de Juif ? Athée, ne serait-il pas plus approprié ? C'est en tout cas ainsi qu'elle le décrivit.

****

— Et ses parents, qu'est-ce qu'ils font ?

— Son père est un grand chercheur !

— Dans quel domaine, demandèrent-ils, sceptique ?

— Il s'emploie à éradiquer le sida. Ça vous en bouche un coin !

— Et sa mère ?

— Elle est chanteuse. Son groupe s'appelle le Multicultural Progressiv Band.

— On ne connaît pas.

— Ça ne m'étonne pas !

— Tu veux dire quoi ? Que l'on n'est pas dans le coup ?

— Disons que c'est une musique qui s'adresse plutôt aux jeunes.

Mohamed, le père de Leïla, regardait sa femme tout en réfléchissant.

Pour un mariage, le veto serait sans appel. Mais là, ce n'était qu'une amourette un peu plus sérieuse que les autres. Un refus et elle serait capable de quitter la maison. Non, mieux valait acquiescer et lui chercher un bon musulman en souterrain. Il serait toujours temps de réagir si la relation prenait des proportions inquiétantes.

Ils donnèrent leur accord pour que leur fille aille s'installer avec cet athée. Le jour venu, ils sauraient la remettre dans le droit chemin. Ils se disaient aussi que c'était l'occasion rêvée pour glisser un pied dans l'ascenseur social.

****

Leïla rejoignit son amour, quelques semaines plus tard, dans l'appartement servannais. Leur nouvelle vie commune favorisait les débats passionnés. Ils échangeaient, bien sûr, de politique. Yann argumentait que seul un parti vert pourrait porter les problématiques environnementales et de transition énergétique au premier plan, en se défaisant de l'emprise des lobbies. Son amie n'était pas de cet avis. Elle pensait que l'on ne pouvait occulter les contraintes économiques et sociales. Gouverner, c'était accepter les compromis et s'accommoder au principe de réalité. Elle optait pour un parti traditionnel ayant des convictions écologiques. « Notre mouvement a mûri, il a appris de ses erreurs et est maintenant prêt à diriger le pays. Lui seul saura tenir tête aux mercantiles de tous bords et aux destructeurs de l'environnement, plaidait Yann ».

Leurs opinions n'étaient pourtant pas si antagonistes. Mais si leurs convictions convergeaient, les moyens pour les mettre en place divergeaient.

****

Leïla adhéra au Parti Humaniste Républicain. Par provocation ? Peut-être. Connaissant son caractère rebelle et indépendant, on pouvait le penser. Elle s'en défendait cependant âprement.

Dans un couple, si les deux partenaires avaient les mêmes opinions, ce que cela serait ennuyeux !

Issu du PHR[2], le président Eberel Mathurin dirigeait la France depuis quelques années. Ce n'était pas un écologiste convaincu, il en avait compris l'importance et parvenait à mener une habile politique de compromis.

2. Parti Humaniste Républicain

Trente-quatrième chapitre

Où il est question de l'écologie malouine, d'élection municipale et d'un gardien de parking récalcitrant

Yann avait rejoint le Parti Écologiste Français. Il y arrivait en terrain conquis, avec une double aura : être le fils du docteur Chandelis et avoir fait HEP.

Il ne cacha pas l'existence de sa personnalité neuroatypique. De toute façon, il considérait sa différence comme une force. Son esprit fertile foisonnant de créativité et d'idées nouvelles, il ne tarda pas à s'imposer et devint rapidement un élément moteur de la section locale. Le PEF avait besoin de sang neuf pour redonner un coup de fouet à un Saint-Malo qui ronronnait. Ses contributions, mais également son écoute particulière, sa perspicacité furent vite appréciées. Pour les élections municipales, la formation se construisait un programme et se cherchait un candidat, mais personne n'avait encore réussi à faire l'unanimité, chaque tendance tirant dans son sens.

Et s'il était l'homme de la situation, capable de concilier les différentes mouvances de l'écologie malouine ?

Toujours est-il qu'avec l'approche des échéances électorales, le rythme des réunions s'intensifiait. Les tractations allaient bon train entre Saint-Malo et Paris. Bien sûr, le nom du fils du si médiatique docteur Chandelis fut évoqué.

Certains voyaient dans sa formation à HEP, son ouverture d'esprit, sa jeunesse, une manière de mettre un coup de pied dans la fourmilière, son patronyme étant déjà en soi un atout. D'autres militaient au contraire pour le choix d'une personnalité d'expérience. Et, malheureusement, il y en eut toujours qui considérèrent le facteur autisme, même Asperger et Haut Potentiel, comme rédhibitoire.

Comment ? Un handicapé à la tête de Saint-Malo ? N'y pensez pas !

Ces derniers furent heureusement rapidement remis en place. En effet, après l'émotion suscitée par le décès d'un jeune Noir, Adama Traoré, lors d'une interpellation musclée par trois gendarmes français à la fin des années 2010, une loi avait été promulguée. Toute personne coupable de propos discriminatoires en public s'exposait à de lourdes sanctions pénales. Outre que ce type d'idéologie nauséabonde ne correspondait aucunement aux valeurs morales écologistes, celui-ci ne tenait aucunement à avoir à faire avec la justice. Les quelques voix discordantes furent donc priées de se taire ou de partir.

****

Yann reçut une invitation officielle pour une réunion cruciale qui avait lieu à Rennes. À l'ordre du jour : le choix des candidats du PEF aux élections municipales. Il venait de finir la lecture du courrier quand il eut la surprise d'y voir le paraphe d'Yves Kefandelec. Il découvrit que celui-ci était un cadre du parti, ce qu'il ignorait. Il s'empressa de lui répondre positivement, ajoutant un petit mot des plus chaleureux.

****

La veille de la réunion, il programma le trajet de la voiture autonome de fonction jusqu'à son domicile. Il n'eut qu'à entrer sur son mobile, l'immatriculation du véhicule, son adresse, l'heure d'arrivée souhaitée. Et à quelques kilomètres de là, l'automobile connectée démarra, sortit du parc de stationnement de la section locale et s'inséra dans la circulation. Lorsqu'elle fut rendue à destination, Yann reçut un texto de confirmation. Il lança la programmation de son déplacement.

Surtout ne pas arriver en retard…

Le GPS lui proposait de partir à 9 h 15 pour parvenir au PEF de Rennes à 10 h 02. Le temps qu'il gare la voiture, entre dans l'immeuble, monte au sixième, il serait devant la salle de conférence vers 10 h 20. Comme la réunion commençait à 10 h 45, cela lui laissait une petite demi-heure de battement, au cas où il y aurait un quelconque imprévu.

****

Yann s'était réveillé tôt. Le ventre noué, il avait eu du mal à avaler son petit déjeuner.

Il était en train de fermer la porte de son appartement quand il aperçut sa voisine, Mme Chenu, avec ses quatre enfants. Elle en tenait un dans chaque main, le plus grand poussant le landau où dormait le petit dernier. Il les vit s'engouffrer en se tassant dans l'ascenseur.

— Désolée de prendre toute la place, Monsieur Chandelis, je vous le renvoie.

Cela ne commençait pas comme prévu. Il respira lentement par le ventre pour se calmer.

Ces cours de yoga me font du bien. Je vais passer par l'escalier, ça me fera de l'exercice.

Il pesta contre Mme Chenu qui l'avait retardé.

Il était 9 h 18 quand il s'installa au volant. Il désactiva la fonction connectée. Il ne pouvait s'empêcher d'être angoissé à l'idée d'être dépendant de la robotique et préférait conduire lui-même. À 9 h 21, il s'inséra dans la circulation. Celle-ci s'avéra plus dense que prévu. À mesure que les minutes défilaient sur l'écran digital de son autoradio, il sentait ses mains devenir moites.

Respire... tout ira bien, concentre-toi sur la route et souviens-toi que tu t'es donné 30 minutes de battement.

Il était 10 h 14 lorsqu'il arriva à l'entrée du parking du PEF. 12 minutes de retard sur son programme. Il avait quasiment grillé la moitié de son joker temps et le gardien, dans sa guérite, ne semblait pas pressé d'actionner la barrière. Il klaxonna. L'homme tourna la tête. Au lieu d'appuyer sur le bouton, il se leva nonchalamment et se dirigea vers la voiture.

****

— Bonjour m'sieur, z'avez pas de badge ?

— Non, je ne suis pas de Rennes, j'appartiens à la fédération de Saint-Malo.

— Ben, montrez-moi votre badge de Saint-Malo, alors !

— Je n'en ai pas ! Je n'ai pas besoin de carte de stationnement, je vais au travail à vélo. Dites-moi, je suis bien sur le parking d'un parti écologiste ? dit-il avec un zeste d'ironie qui masquait mal son agacement.

— Et ça, c'est quoi ? dit l'autre, goguenard, en pointant son doigt vers l'automobile.

— C'est le véhicule de fonction. Ça ferait tout de même mauvais goût d'arriver à une réunion régionale, dégoulinant de sueur, après avoir pédalé 70 kilomètres, répondit Yann irrité.

— Faut pas vous énerver, m'sieur. Mais si vous n'avez pas de badge, je ne peux pas vous laisser entrer. On est sous le plan Vigisécurité depuis qu'on a reçu des lettres de menaces. Essayez de trouver une place dans le quartier.

— Mais c'est blindé ! Il n'y a en a pas une à un kilomètre à la ronde !

— Ce n'est pas mon problème. Désolé, j'ai des ordres.

Yann sentit l'angoisse l'envahir. Il était proche de la crise et le yoga n'allait bientôt ne plus lui être d'aucun secours.

— Bon, m'sieur, on va essayer de trouver une solution... Laissez-moi votre voiture, je vous la garde. Allez à la réception, et demandez un badge temporaire.

— Mais je suis pressé... J'ai une réunion importante, je suis déjà en retard !

L'autre semblait chercher une idée dans son cerveau formaté.

— Je vais appeler mon supérieur !

— Ce n'est pas trop tôt !

— C'est quoi, votre nom ?

— Chandelis.

— Drôle de nom, c'est pas breton, ça...

Une insulte faillit fuser. Il la stoppa net, ce n'était vraiment pas le moment.

— L'écologie n'a pas de frontière, répondit-il laconiquement.

— Bon, une minute, m'sieur !

Le gardien se dirigea à la vitesse d'un mollusque vers sa guérite. Yann bouillait d'impatience. Il le vit appeler sur son portable.

— J'ai l'accord, je vous ouvre ! cria-t-il par sa fenêtre.

— Vous ne pouviez pas le demander avant.

Quel incapable y en a partout, même chez les écolos…

— Pensez à d'mander un badge à la réception, pour pouvoir ressortir !

À 10 h 51, il était devant la porte de la salle de réunion. Il avait six minutes de retard. Après tout ce qui s'était passé de travers depuis le début de la matinée, cette foutue Mme Chenu et ses quatre enfants qui s'étaient trouvés sur son chemin, ce gardien stalinien obtus, il ne pouvait imaginer un avenir plus sombre. Il frappa. Ce fut Yves Kefandelec en personne qui lui ouvrit.

— Désolé, je suis réellement confus pour le retard ! bafouilla Yann.

— Ce n'est pas grave, on savait que tu arrivais de Saint-Malo et qu'il y avait de la circulation. Viens plutôt avec moi au fond de la salle.

Yves tira un rideau. Tous les responsables se mirent à applaudir. Yann, lui, restait interloqué. Devant lui, sur le mur, était fixée une affiche. Sur celle-ci, un homme posait, le sourire enjôleur, le regard déterminé. En dessous figurait un slogan de campagne.

Avec Yann Chandelis,
Osez l'écologie et tous ses bénéfices,
Pour Saint-Malo, je lui accorde mon vote d'office

— On t'a choisi comme candidat pour Saint-Malo. C'est moi qui tenais à te faire la surprise. Alors, heureux ?

Toutes les larmes que Yann avait héroïquement contenues depuis le début de la matinée affluèrent le long de ses joues. Elles n'étaient plus d'angoisse, mais de joie.

Malgré la circulation dense, le retour fut facile. Il ne réagit même pas aux bouchons qui d'habitude l'irritaient passablement, tant il était sur son petit nuage. Il ne vit pas ce tag sur un placard électoral.

On nous a dit que le réchauffement climatique
n'était pas automatique,
Qu'il vaudrait mieux le ranger aux vieilles reliques,
Que la montée des eaux n'était pas mécanique,
Que l'on ne pouvait compter que sur l'air et l'énergie
solaire,
Que le nucléaire faisait déjà suffisamment affaire,
On nous a raconté tellement de fadaises,
Qu'il n'y a plus que l'écologie qui nous plaise.
Votez PEF !

Le poème qu'il écrivit le soir pendant son atelier fut une métaphore de ses dispositions psychologiques du moment.

Il est revenu à temps, le temps du printemps que
j'aime tant,
Où les pétales volent au vent,
Où les parterres se pâment de liserés blancs,
Et la nature s'éveille d'un long endormissement...

Je suis parti visiter mon potager,
Il avait bien mal vieilli, le bougre, tant je l'avais
négligé,
Et les brimades de l'hiver ne l'avaient, il est vrai, pas
épargné,
Lui qui m'avait pourtant tant donné le temps d'un
été...

Un plant de tomates me tendait ses rameaux racornis,
S'agrippant de ses bras noueux à un tuteur trop vieux,
Ses racines noyées entre trèfles et pissenlits,
Et enfoui parmi les orties, le concombre n'était plus que son ombre...

Alors, je suis allé chez mon grainetier,
Des fertilisants bio, écoresponsables, je lui ai achetés,
L'esprit serein, j'ai refait l'esthétique de mon potager,
Et le temps d'une pensée, sur ma joue, une larme de rosée a coulé...

Trente-cinquième chapitre

Où Yann concocte une équipe et un programme

Tout était maintenant plus que parfait dans la plus belle des villes côtières de Bretagne. Yann constituait son équipe de campagne et souhaitait ouvrir des négociations avec le PHR pour un accord de coalition. Il en parla à Leïla qui balaya cette idée, à son grand désarroi.

Excuse-moi, mon amour, mais on n'a pas besoin de vous pour gagner. Nous allons remporter Saint-Malo. Nous saurons mener une politique sociale et écologique et c'est vous qui nous rejoindrez.

Il eut beau parlementer, argumenter, il dut se résoudre à capituler devant la guerrière.

****

Une équipe de campagne fut constituée. Elle comprenait des membres du PEF ainsi que des personnalités locales de la société civile. Le candidat jugea utile de recruter une conseillère. Il pensa à ses anciens camarades de promotion à HEP et les contacta. Estelle accepta la fonction. Elle était disponible, ses parents n'étaient plus de ce monde et elle n'avait plus aucune attache à Rouen, c'était l'occasion d'un nouveau départ. Des affiches à l'effigie de Yann Chandelis fleurirent dans la ville.

****

Le programme électoral du PEF de Saint-Malo était un subtil cocktail de mesures de bon sens et de propositions innovantes. Si les objectifs étaient avant tout écologiques, visant une évolution des comportements, sans régression du niveau de vie, il s'agissait aussi de mettre fin à des années d'immobilisme, et ainsi reprendre l'ascendant sur la dynamique Saint-Jouan-des-Guérets. Cette commune avait grossi ces dernières décennies et rivalisait maintenant avec la cité malouine.

De nombreuses réunions de quartier furent organisées. Le candidat put rencontrer les citoyens, écouter leurs préoccupations, leur répondre. À chacune d'elles, il martelait le même message : « Rien ne se fera sans vous ».

Trente-sixième chapitre

Où Leïla pense enfin à elle

Depuis qu'elle s'était installée à Saint-Malo, Leïla était radieuse. Le climat y était plus clément que dans le bassin rhodanien. Elle appréciait les longues balades sur la digue du sillon. Parfois, avec son compagnon, ils prenaient leurs vélos, allaient jusqu'à Saint-Coulomb. Elle ne se lassait d'admirer la beauté de la côte d'Émeraude. Elle aimait aussi marcher sur les pavés de la ville fortifiée. L'endroit était toujours animé. Elle y trouvait des échoppes artisanales. Elle pouvait déguster crêpes, kouign-amann et autres douceurs bretonnes.

Après les quatre années de HEP, où elle s'était montrée studieuse, où elle avait mis entre parenthèses beaucoup de plaisirs qu'une jeune fille d'une vingtaine d'années peut attendre, elle voulait profiter de la vie. Elle n'oubliait en rien sa carrière. Finir femme au foyer ne lui seyait pas du tout. Se consacrer à un hobby avant de poursuivre son parcours universitaire ne lui déplaisait en revanche pas. Après avoir flâné sur divers sites malouins, elle fut séduite par l'Atelier de la Crêpe, restaurant et centre de formation à la gourmandise. Elle s'y inscrivit et prit une formule de six mois. Elle ne le regretta pas. Les cours étaient de qualité, elle progressa rapidement… et se fit des amis.

****

Elle aimait tester ses nouvelles compétences dans sa cuisine. Après quelques errements, elle se montra capable de belles réussites… et Yann profitait de la passion de sa compagne.

Trente-septième chapitre

Où un mail réveille un passé enfoui

Un message pour le moins inattendu arriva sur la boîte-mail de Yann. Il provenait de Miroslav Horvath, son camarade d'adolescence. Il n'avait plus eu de nouvelle depuis cette soirée cauchemardesque. Miro avait remarqué son nom sur les affiches en passant à Saint-Malo et souhaitait renouer le contact.

****

Beluzzi avait été une période heureuse qui lui avait permis de se reconstruire. Et même si la dernière rencontre avec son ami lui avait laissé un goût amer et inachevé, il avait envie de le revoir. Il allait en parler à Leïla. Lorsqu'il rentra à l'appartement, celle-ci s'affairait à préparer des crêpes. Elle fréquentait l'atelier depuis deux mois et commençait à avoir un petit tour de main. Cette après-midi, elle avait décidé d'abandonner la banale beurre-sucre.
— Hello Leï, mon amour.

Il l'attrapa par les épaules et lui glissa un tendre baiser dans le cou. Elle se trémoussa de plaisir.
— Hum, ça faisait longtemps… j'aime bien quand tu m'appelles comme ça !
— Ça sent bon ! Qu'est-ce que tu nous prépares ?
— Je m'essaie à une pomme-banane-chantilly.
— Toujours créative !
— Tu vois ! Le tout est d'introduire les ingrédients au bon moment !
— On va pouvoir déguster !

— Tu as besoin de ton goûter, tu es comme les gosses, dit-elle, taquine.

— À propos d'enfance, tu te souviens quand je t'ai raconté la période de collège.

— Ah ça, tu m'en as assez parlé !

— Figure-toi que j'ai reçu un mail de Miroslav.

— Celui avec qui ça s'était mal fini ?

— Oui.

— Tu n'es pas rancunier !

— Tu es dure… il faut savoir pardonner. Depuis le temps, il y a prescription ! Bref, en passant en ville, il a vu mon nom sur les affiches. Il a envie de me revoir.

— Super ! Si ça te fait plaisir, on n'a qu'à l'inviter un soir à la maison.

— J'y ai pensé, mais je voulais t'en parler avant !

— C'est gentil ! On pourrait le proposer à Madame Farcilli, ton ancienne directrice que tu appréciais tant, suggéra Leïla.

— Ce serait une journée nostalgie ! Estelle pourrait se joindre à nous.

— C'est vrai qu'elle travaille au PEF avec toi ! Qu'est-ce qu'elle fait en dehors du parti ? Tu ne m'as jamais raconté !

— Figure-toi qu'elle est animatrice dans l'association des Canoës Malouins !

— Voilà, on n'a qu'à organiser une sortie kayak !

— Avec Madame Farcilli ? Arrête, elle a peut-être 60 ans !

— Et alors, il n'y a pas d'âge pour pagayer !

— C'est vrai, tu as raison !

— Je préparerai des galettes pour nous réchauffer après la balade en mer !

— Tu t'y crois déjà, plaisanta Yann ! Bon, je vais envoyer des courriels. Estelle, je la vois demain, je pourrai lui en parler directement !

— Si tout le monde est d'accord, il s'agira de trouver une date !

— Toujours galère, ces missions.

— Ne sois pas défaitiste, mon minou. Cela fait mauvais genre, pour un politicien !

Il prit son rôle d'organisateur à cœur, recontacta Miroslav, retrouva Madame Farcilli, négocia la sortie en mer avec Estelle.

Trente-huitième chapitre

Où il est question d'une balade en kayak et d'une surprise

Leïla et son compagnon arrivèrent en avance au local des Canoës Malouins, sur la plage du Môle. Estelle était déjà là, et le soleil aussi, ce qui était de bon augure. Les deux jeunes femmes qui ne s'étaient pas vues depuis la fin de leurs études papotèrent avec verve. Pendant ce temps, Yann inspectait le matériel.

— C'est du beau matos, que tu as, il paraît très récent !

— On a dû changer toute notre flotte, il y a deux ans pour se mettre aux normes européennes. Tu verras, ils sont hyper stables !

— Ils sont en quelle matière ?

— En fibre de carbone. Ils sont super-légers !

— Il soupesa le kayak, le fit tanguer.

— Incroyable !

Il aperçut une femme s'avancer vers eux d'un pas décidé.

****

Ce serait mentir de dire qu'elle n'avait pas vieilli, mais il l'aurait reconnue s'il l'avait croisée dans la rue. Il trouva qu'elle se portait bien. Elle avait toujours cette allure élancée. Sa longue chevelure noire était devenue grisonnante. Il se précipita vers elle.

— Madame Farcilli ! Quel plaisir de vous revoir, vous n'avez pas changé !

— Yann ! Tu es un flatteur ! Comme tout le monde, j'ai pris de l'âge. J'essaie de m'entretenir pour que ça se voie le moins possible... Et tu peux m'appeler Joëlle, et me tutoyer aussi, je ne suis plus ta directrice !

— OK ! laisse-moi, alors, te faire les présentations : voici Leïla, ma compagne.

— Ravissante ! Enchantée

— Merci ! répondit la jeune femme.

— Et voilà Estelle, notre accompagnatrice ! Nous nous sommes tous les trois connus à HEP à Lille.

— Il m'a beaucoup parlé de vous, dit Leïla, vous avez un peu été son mentor au collège.

— Oh, il ne faut pas exagérer. Et puis, c'est pareil, tu me tutoies !

— Bon, on n'attend plus que Miroslav, dit Yann.

— Il vient de Rennes. Il y a sûrement de la circulation ! avança Joëlle.

Quelques minutes plus tard, un jeune homme aux cheveux bruns et au teint hâlé se dirigea vers le petit groupe.

Miroslav... le même que dans mon souvenir, mais en adulte !

— Miroslav, je t'ai reconnu ! Te revoir me fait plaisir ! C'est un peu grâce à toi que l'on est là, si j'ai bien compris !

Yann prit son ami dans les bras...

— Choisissez votre kayak, proposa Estelle. Il y a des monos et des biplaces. Prenez une combinaison. Vous avez des cabines pour vous changer au fond !

****

Un quart d'heure plus tard, ils étaient tous à l'eau.

— Vous avez tous déjà fait du kayak ?... OK. J'ai prévu d'aller jusqu'au Petit Bé. Pour Miroslav, c'est l'îlot en face. Pour les autres, ils connaissent ! Nous y débarquerons. J'ai pris des fruits secs et des boissons. Je vous ai également concocté une surprise !

Ils pagayèrent une heure avant d'accoster.

— Remontez bien vos kayaks sur la plage ! Attention à la marée, pas de catastrophe !

Les embarcations en sécurité, ils gravirent l'escalier taillé sommairement dans la roche. Estelle sortit de son sac à dos étanche une énorme clé. La porte grinça et ils pénétrèrent dans le fort. Comme le temps était agréable, ils s'installèrent dans les parties extérieures, autour des tables de pique-nique.

— À nos retrouvailles ! j'ai pris des grignotages, des gobelets et une bouteille de chouchen ! Mais avec modération ! nous avons un retour à faire. Je ne conseille à personne de passer une nuit ici, les conditions sont, disons... spartiates.

Tous trinquèrent joyeusement.

Les conversations furent animées. Elles se croisaient, s'entrechoquaient. Ce n'était pas facile de tout se raconter en si peu de temps. Il y avait de l'effervescence sur le Petit Bé, des éclats de voix, des rires. Les muscles cependant accusaient le prix de l'effort, et chacun se trouva un endroit pour faire une sieste afin de reprendre des forces.

Yann s'installa sur un vieux banc défraîchi, sortit un calepin de son sac et se mit à griffonner.

En pleine phase créative, il ne vit pas Miroslav s'approcher de lui.

— Tu fais quoi, tu dessines ?

— Non, j'écris un poème, sur nos retrouvailles.

— Tu sais Yann, j'apprécie vraiment que tu aies accepté de me revoir après ce qui est arrivé au collège.

— C'est du passé, on était des gosses !

— Quand même, je ne me suis pas bien comporté.
— Laisse, je te dis !
— Je n'ai pas su te défendre. Je n'ai même pas cherché à t'appeler après.
— Il y a prescription !
— Tu m'ôtes un poids du cœur. Je peux voir tes vers ?
— Bien sûr !

****

Ils firent de belles retrouvailles,
Le croate de l'île de Biševo et le candidat écolo de Saint-Malo.
Le moment était venu de combler une trop vieille faille,
Enfants, leur relation avait été mise à mal,
Par un sombre quiproquo, l'intrusion d'une mère pour le moins peu cordiale,
Le sort, triste ressort, avait ruiné une amitié virginale,
Le temps les avait éloignés,
Chacun son chemin, chacun sa destinée,
Yann, l'enfant particulier et Miroslav qui avait émigré,
Mais le hasard les avait accompagnés,
Pour renouer les fils effilochés d'une belle complicité.

****

— Waouh, tu n'as pas perdu la plume, s'exclama Miroslav !

Estelle frappa dans ses mains.

— Votre attention à tous ! Je vous avais prévenu qu'il y avait une surprise !

****

Elle ouvrit sa besace et en sortit masques, tubas, palmes.

— Que diriez-vous d'une petite randonnée palmée ? Pour ceux qui connaissent la Méditerranée, la Bretagne, c'est différent, mais tout aussi beau, peut-être même plus !

Tous s'immergèrent avec enthousiasme. Ce fut une expérience fabuleuse, magique. Ils accompagnèrent des bancs de poissons, surplombèrent les impressionnantes forêts de laminaires, se laissèrent séduire par les superbes gorgones. Ils restèrent de longues minutes au-dessus d'un poulpe qui extirpait ses tentacules d'un rocher. Ce n'est qu'à regret qu'ils durent obtempérer et rejoindre le Petit Bé. Ils récupérèrent leurs kayaks et pagayèrent jusqu'au rivage. Après avoir remonté les embarcations au club, ils se changèrent et se douchèrent. Ils remercièrent Estelle pour cette belle expérience. Yann prit la parole.

— On se retrouve chez nous ! Vous avez tous notre adresse ? C'est la résidence New Odyssée, 9 rue Lecouffle à Saint-Servan. Vous sonnez à Zelmani & Chandelis. C'est au quatrième. S'il y a quoi que ce soit, vous avez tous nos portables ? Prenez votre temps, baladez-vous ! Nous, on arrive à vélo !

— Logique, pour des écolos, dit Joëlle !

— À tout de suite !

Trente-neuvième chapitre

Où il y eut de belles retrouvailles à la résidence New Odyssée

L'appartement, situé au dernier étage de la résidence, avait de larges baies vitrées qui lui donnaient toute sa luminosité et son cachet. Dès qu'ils pénétrèrent dans le salon, les revêtements muraux connectés passèrent en mode actif. Les capteurs intégrés évaluèrent la qualité globale de l'humeur. Comme celle-ci était détendue, les cloisons prirent une belle teinte mauve.

— Ça vous convient ? interrogea Yann. C'est la couleur définie par l'intelligence artificielle ! Sinon je peux changer.

Il manipula son Smartphone et les coloris disponibles s'affichèrent sur le mur en mosaïque.

— Il y a aussi la possibilité de papier peint. Regardez !

— Non, laisse, c'est apaisant comme cela, dit Estelle. Enfin, je parle pour moi !

— Vous savez que le violet est associé à la spiritualité ? Qu'il ouvre au rêve et à l'imaginaire, dit Joëlle.

— Vous êtes cultivée ! remarqua Leïla avec admiration.

— Je suis la plus vieille, il faut bien que cela ait quelques avantages !

— Je peux aussi égayer avec des tableaux ! reprit Yann. L'application dispose d'un catalogue assez exhaustif !

— Ah ? Bonne idée, fit Estelle.

— Moi, je préfère l'abstrait, dit Miroslav. Et vous ?

Tous acquiescèrent. Défilèrent sur le mur les chefs d'œuvres de l'art moderne.

– Du Miró ! dit Joëlle, j'adore ce peintre ! Tout le monde est d'accord pour le choisir ?

– Pas de contestation ? Alors je lance !

Et en quelques clics, l'appartement devint une galerie consacrée à l'artiste espagnol.

– Merveilleux ! firent-ils.

– Allez profiter de la terrasse pendant qu'il est encore temps ! leur suggéra Leïla. Vous y verrez les prouesses de mon écolo de jardinier ! Moi, je prépare les apéros.

Sur le balcon, Yann avait installé des bacs où il cultivait tomates, concombres, courgettes, et herbes aromatiques.

– C'est du bio, demanda Joëlle ?

– Ça, c'est du vrai de vrai ! Les plants viennent de chez Baptiste, un petit maraîcher du coin !

– Et tu crois qu'il y a une différence avec la grande distribution ?

– J'avoue que vu les prix qu'ils pratiquent, j'ai des doutes ! Et quand tu vois des linéaires de fruits et légumes organiques à n'en plus finir, tu t'interroges forcément...

– Tu te dis que c'est industriel ?

– Oui. Et puis le bio, c'est avant tout une philosophie. Certains ont malheureusement flairé le filon et dénaturent l'idée originelle.

– Et comment on fait, si on veut faire baisser les coûts de production ? dit Miroslav, qui s'était invité dans la conversation. Plus on produit, moins c'est cher, non ?

– Mais ça ne doit pas être au détriment de la qualité, intervint Estelle.

– Voilà pourquoi il faut une politique volontariste qui aide les petits exploitants, expliqua Yann.

– Le gouvernement ne peut pas subventionner toute la paysannerie de France, dit Miroslav, paraphrasant Michel

Rocard, un politicien du vingtième siècle.

— Qu'est-ce que tu veux dire ?

— Que l'argent qu'on donne à Paul, on ne l'aura plus pour Jacques, et qu'il y a des priorités.

— Et quelles sont-elles, selon toi ?

Miroslav allait répondre lorsque Joëlle, sentant que la conversation partait sur des terrains mouvants, interrompit opportunément les débats.

— Il commence à faire frais ! Si on rentrait ? J'ai hâte de voir les photos de coucher de soleil dont tu m'as parlé ! Elles sont sur ton ordi ?

Ils s'installèrent tous dans le grand canapé d'angle.

Yann eut un sourire énigmatique, pianota sur sa télécommande. Et soudain, le mur se fit écran géant. Joëlle pensait regarder les clichés en 14 pouces, elle les avait grandeur nature !

— Wouah ! firent-ils tous.

— Alors, ce n'est pas que la couleur des revêtements qui est connectée, tu peux aussi programmer une projection d'images ? interrogea Joëlle.

— Tu n'es pas à la page ! remarqua Yann. Je vous mets la fonction diaporama ?

— Oui !

Et les paysages se mirent à défiler sur le mur.

— Arrête-toi sur celle-là ! Elle est superbe, avec le vélo contre la balustrade et le soleil couchant en arrière-plan, dit Miroslav. Tu l'as faite où ?

— Celle-ci ? À cinq cents mètres d'ici, aux Bas Sablons !

— Magnifique... OK, c'est bon, tu peux continuer.

— Et celle-là ? demanda Joëlle.

— Ah, elle vient de loin, de Colombie, c'était à Carthagène-des-Antilles. C'est le début des Caraïbes.

— Veinard, j'aurais aimé y aller !

— C'était pour fêter la fin de notre deuxième année de HEP avec Leïla.
— Tu es vraiment un pro de la photo ! dit Estelle.
— Oh, n'exagère pas, disons que je suis un amateur passionné.
— Montre-nous aussi celle de Leïla ! fit Joëlle. J'adore le Maroc.

D'un coup, ils furent propulsés au Maghreb : ambiance du souk, anciens attablés autour d'un thé à la menthe, enfants qui jouent au ballon dans une cour... Ces clichés aux tons pastel reflétaient la nostalgie du pays.
— Fais-leur visiter l'appartement. Mes vues n'ont rien d'extraordinaire, cria Leïla de la cuisine, qui avait perçu des bribes de la conversation.
— C'est vrai, je ne vous ai pas encore proposé le tour de la propriété, je manque à toutes à mes obligations ! fit Yann.

Et il leur fit découvrir leur cocon.
— Bon, le salon, vous connaissez. Voilà notre chambre : lit futon, deux petites de nuit, ambiance zen, rien de particulier. Ici le bureau où je travaille. Et là, c'est la cuisine où s'affaire ma charmante compagne !
— J'ai presque fini. Je suis avec vous pour l'apéro dans cinq minutes !

Après avoir trinqué à leurs retrouvailles, ils s'installèrent pour dîner.
Leïla avait choisi de belles assiettes. Une serviette en papier imprimé était savamment roulée dans chaque verre. Elle avait aussi rédigé de jolies cartes de menu.

Entrée
Crudités de Bretagne et de saison

Plat
Galette de Sarrasin aux crustacés et aux pleurotes avec sa roquette

Dessert
Crêpe poire/banane aux deux chocolats

Boissons
Cidre, poiré rosé, eau de source

– C'est un menu de grand chef crêpier ! Ça a dû te prendre un temps fou, pour préparer cela, dit Joëlle.
– Merci ! Non, ce n'est pas grand-chose, répondit Leïla en rougissant.
– Régalons-nous, le dîner est ouvert, lança Yann.

****

Le repas fut animé. Ils avaient encore tant à se raconter. Joëlle avait développé la méthode *Beluzzi* et il y avait maintenant plusieurs collèges en Bretagne, Miroslav était professeur de langues slaves à l'université de Rennes, Estelle avait travaillé dans une petite entreprise de recyclage de vêtements à Rouen. Ils prenaient tous plaisir à faire revivre le passé. Les anecdotes fusaient, les rires étaient contagieux et le temps filait à tire-d'aile.

Il était près de deux heures, lorsqu'ils pensèrent à se séparer.
Leïla prit la parole.
– Nous nous sommes tellement amusés qu'on n'a même pas parlé des municipales ! Alors pour Yann, mon amour...
– Hip hip hip... Hourra !
– Pour nos retrouvailles avec Miroslav...
– Hip hip hip... Hourra !
– Et pour celles avec Madame Farcilli... euh... Joëlle...
– Hip hip hip... Hourra !
– Pour le kayak, la randonnée palmée, pour Estelle...
– Hip hip hip... Hourra !
– Pour le succulent repas que tu nous as préparé, ma belle...
– Hip hip hip... Hourra ! entonnèrent-ils tous.

Et c'est sur ces joyeuses paroles qu'ils clôturèrent cette agréable soirée, en se promettant de se revoir.

Quarantième chapitre

Où il est question de crêpes, de Soizic, de Leïla et Miroslav

Leïla papotait avec sa copine de l'Atelier de la Crêpe lorsqu'elle aperçut deux visages familiers.

— Estelle, Miroslav ! Qu'est-ce que vous faites ici ?

— Ben, tu nous as tellement bien parlé de ce lieu, l'autre soir que l'on est venu !

— Ah, c'est génial ! On vous a expliqué à l'accueil ? Alors voilà comment ça fonctionne : Soizic, la prof va bientôt arriver. Elle est super, vous verrez, mais c'est un vrai moulin à paroles ! Au dernier cours, elle n'a pas arrêté ! Bref, elle nous apporte tous les ingrédients pour la recette du jour et nous fait une démonstration. Elle prend bien soin d'expliquer en détail chaque étape. Une fois sa crêpe cuite, elle prononce sa phrase rituelle ! « *Vous voyez, ce n'est pas compliqué... Maintenant, à votre tour, moi je me tais !* ». Mais ça ne dure jamais longtemps. Elle est constamment à nous encourager, nous conseiller... Et grâce à son aide, on réussit toujours, enfin, presque ! Et on finit chaque cours en mangeant nos créations, autour d'une bouteille de cidre et d'une bonne rigolade !

Soizic arriva. C'était une femme vive et rondouillette.

— Excusez-moi, je suis en retard ! Oh, mais il y a des nouveaux, à ce que je vois ! Ne vous faites pas de bile, mes petits. De toute façon, je suis là pour vous aider. Ils vous ont parlé de moi ? En bien, j'espère ! Enfin, quoi qu'ils vous aient dit, sachez que je suis une bonne pâte... à crêpe, bien sûr ! Bon, aujourd'hui, nous allons apprendre à faire la banane-chocolat. Je vous ai tout apporté ici... Et le flot de paroles se poursuivait. Estelle et Miroslav purent constater que Soizic était une femme qui ne savait pas se taire. Chez elle, les blancs, ça n'existait pas... sauf en neige ! aurait-elle dit, avec son humour.

Elle finit la démonstration. Les arômes envahirent l'espace et émoustillèrent les papilles.

– Voilà, vous voyez, ce n'est pas compliqué ! Les petits nouveaux, ça va ? Oui ? Alors, tous à vos ateliers ! Et surtout, n'hésitez pas à me demander de l'aide ! Mamy Soizic ne va pas vous manger ! Mamy Soizic, elle ne dévore que les crêpes !

Tout en s'affairant à sa réalisation, Leïla observait ses deux amis.

Il est beau gosse, Miroslav... Elle a de la chance, Estelle, elle ne doit pas s'embêter avec lui !

– Alors, vous avez fini, mes petits choux... à la crème ? Oh, mais ça a l'air pas mal du tout... Bon, on va déguster ? Je vous ai amené une bouteille de Poiré... Vous m'en direz des nouvelles, il vient directement d'un producteur local !

Tous se régalèrent. Ils rirent aux larmes en entendant leur enseignante raconter comment elle avait essayé d'apprendre à faire du voilier.

– Ben oui, je suis bretonne, mais je n'ai pas le pied marin. Je préfère les galettes. Mais ne comptez pas sur moi pour vous crêper le chignon !... Alors, les mignons, ça vous a plu, vous reviendrez ? Ils vous ont expliqué mon fonctionnement ? Il y a deux cours, un le lundi et un le vendredi ! Vous voyez, on s'est bien amusé, et plus il y a de fous, plus il y a de crêpes !

Le soir, Leïla raconta à Yann qu'Estelle et Miroslav l'avaient rejointe à l'Atelier.

– C'est génial ! Avec Soizic, ça n'a pas l'air triste !

Tu amènes des clients, tu devrais leur demander une commission !

Le vendredi suivant, les deux nouvelles recrues étaient bien là.

— Mes tourtereaux sont revenus ! Je suis contente ! Ici, on apprend à faire des crêpes. Le cordonnier en face, il en a aussi, mais lui c'est pour faire des semelles... bon, où j'en étais... c'est quoi la crêpe d'aujourd'hui, déjà ? Ah oui, c'est la Suzette. Soizic, elle perd la mémoire, mais elle n'est pas encore atteinte de la maladie d'Alzheimer !

Ainsi, ils devinrent des assidus de l'Atelier de la Crêpe. Les trois compères allaient souvent se balader dans la ville intra-muros ou sur les quais du bassin maritime. Lorsqu'Estelle était attendue, elle quittait rapidement l'école, et Leïla et Miro se retrouvaient à deux. Elle découvrait ce garçon charmant. Progressivement, il se dévoilait. Il lui parlait avec nostalgie de la Croatie, elle évoquait son Maroc natal. Ils étaient tous les deux des émigrés. Elle trouvait avec Miroslav l'échange qu'elle n'avait plus avec Yann, tant celui-ci était pris par ces élections.

Elle se sentait seule, à des centaines de kilomètres de ses parents et de sa petite sœur, et en cela, appréciait la présence de son ami. Avec Estelle aussi, elle discutait, mais Rouen c'était moins glamour que l'île de *Biševo*.

Au détour d'un couloir, Leïla glissa à Estelle :

— Tu as de la chance de sortir avec Miro, c'est vraiment un mec bien.

— Mais je ne sors pas avec lui !

— Ah bon ?

— Ben non !

— Je croyais !

Comme quoi, on se fait des idées et on pense que c'est la réalité !

Un jour qu'ils se baladaient tous les deux, elle se confia.
– Tu sais, Miro, depuis que Yann fait de la politique, je me sens un peu seule.
– Je te comprends !
– Ma famille est loin et je n'ai aucune accroche en Bretagne.
– Moi, c'est pareil. Depuis que ma mère est décédée, mon père a refait sa vie avec une autre femme, je ne le vois plus.

Portée par le ton de la confidence, Leïla s'enhardit et enlaça Miroslav par la taille. Il tressaillit. Elle trouva sa timidité touchante. D'un geste, elle saisit son visage et plaqua ses lèvres sur les siennes. Miroslav la repoussa doucement.
– Désolé, Leïla, je t'apprécie beaucoup, mais je ne peux pas.
– Je comprends... Yann est ton ami... je ne sais pas ce qui m'a pris.
– Non, ce n'est pas ce que tu crois... je suis homosexuel !
– Excuse-moi...
– Ce n'est rien, tu ne pouvais pas savoir !

Quarante-et-unième chapitre

Où Leïla est sur le point de prendre une lourde décision

Leïla ne reconnaissait plus l'homme qu'elle avait connu, aimé.

Cette fichue campagne allait-elle mettre à mal notre belle relation ? Notre lune de miel n'était-elle plus qu'un lointain souvenir ?

Leur complicité semblait s'être étiolée, engloutie dans les affres des jeux politiques. C'était dommage, la réalité se montrait parfois cruelle.

Entre les réunions de quartier, les groupes de réflexion, et les séminaires à Rennes, leur intimité se dissolvait *comme un sucre dans une tasse de thé.* Les longues promenades romantiques au bord de la mer se faisaient rares et, insidieusement, le doute s'immisça dans l'esprit de Leïla : et s'il avait une maîtresse ?

Or le plus terrible, c'était que Yann ne se rendait compte de rien. Sur l'autel de la politique, il était en train de perdre celle qui lui était la plus chère, la plus précieuse à son cœur. Il aimait toujours Leïla, et même à la folie, mais il n'avait pas réellement conscience qu'il se montrait moins tendre, moins prévenant. Or une femme a besoin de ces signes.

— Je ne te sens plus, mon amour, depuis quelque temps, tu es soucieux.

— C'est cette campagne qui m'épuise. Je suis devenu une cible facile.

— Ils t'ont attaqué sur ton syndrome Asperger ?

— …

— Tu sais que je suis là pour t'écouter et te soutenir.

— Laisse, ce sont mes affaires. C'est à moi de les gérer.
— Comme tu veux. On se fait un petit câlin.
— Pas ce soir. Excuse-moi, je suis fatigué.
— Yann, s'il te plaît...
— Je suis désolé... attends la fin de cette campagne, il n'y en a plus pour longtemps. Tu verras, tout recommencera comme avant !
— Si tu deviens maire de Saint-Malo, je n'en suis pas si sûre. !

Il posa un baiser sur ses lèvres.

Elle aurait bien voulu le croire, mais le doute la rongeait sournoisement.

****

C'était un samedi. Yann était parti à Rennes pour un séminaire régional. Il était 23 heures. Leïla l'attendait, allongée dans son lit. Elle avait enfilé une jolie nuisette pour l'accueillir à son retour. Elle était plongée dans un roman lorsque son portable vibra, annonçant un texto.

Mon amour, le meeting est loin d'être fini. Ce ne serait pas prudent de rentrer si tard. Je vais dormir chez les Kefandelec. Excuse-moi. À demain. Je t'embrasse.

Elle lâcha son téléphone et resta quelques secondes sans réaction. Elle se ressaisit, prit son mobile et composa le numéro de son compagnon.

Elle n'eut que sa messagerie en communication.

Ça peut se comprendre. C'est une réunion électorale. Il y a forcément du bruit, il n'a pas dû entendre la sonnerie.

Elle chercha à se concentrer sur son livre, mais ce fut vain. Toutes les demi-heures, elle rappelait, sans succès. À 3 heures du matin, elle ne parvenait toujours pas à le joindre.

C'en est trop. S'il ne répond pas, c'est qu'il est avec sa maîtresse.

Elle arracha rageusement sa nuisette sexy, revêtit son confortable pyjama en pilou, se mit au lit et essaya de dormir, mais ce fut peine perdue. À 5 heures, elle se leva et lui envoya un texto.

Mon amour, tu n'es plus l'homme tendre que j'ai connu. Tu es distant. Je comprends que cette campagne te perturbe, mais tu ne veux rien partager avec moi. J'ai commencé à penser que tu avais une maîtresse. Jour après jour, j'ai voulu me convaincre que c'était dans ma tête. Mais l'épisode de cette nuit est celui de trop. Jusqu'à 3 heures, j'étais avec ta messagerie, et toi tu étais avec Elle. C'est trop long, trop lourd, trop dur. Je rentre à Lyon.
Adieu.

Leïla

Elle tapa Envoi.
Puis elle enfila une robe de chambre, descendit à la cave, prit sa grande valise de voyage et la remonta. Elle la remplit rageusement, mettant pêle-mêle des vêtements, des objets auxquels elle tenait, ce dont elle avait besoin pour partir. À 7 heures, exténuée, sans même prendre le temps de se déshabiller, elle s'écroula sur le lit et s'endormit d'un sommeil agité. Elle fut réveillée à 9 heures par le carillon de l'interphone.

Quarante-deuxième chapitre

Où Yann laisse parler son cœur

Leïla se leva et tituba jusqu'à la porte. C'était un coursier d'Interflora. On le voyait à peine, tant il était caché derrière un gigantesque bouquet de roses.

— Madame Zelmani ?

— Oui !

— C'est pour vous. Bonne journée !

Leïla resta sans voix avec ce bouquet colossal entre ses mains. Lorsqu'elle se ressaisit, le jeune homme était déjà parti. Elle ne put même pas lui donner un pourboire.

Elle ne disposait pas de vase assez grand. Elle prit ce qui lui semblait de plus adapté : le seau à champagne. Elle le remplit d'eau et mit les fleurs dedans.

Puis elle ouvrit la lettre qui était agrafée.

****

Ma Leïla adorée, ma reine, pardon, mille fois pardon.
Je m'empresse de t'envoyer ce bouquet de quatre-vingt-dix roses.
Trente roses rouges pour les trente fois où je ne t'ai pas fait l'amour,
Trente roses blanches pour les trente fois où je ne t'ai pas embrassée,
Trente roses jaunes pour les trente balades que nous n'avons pas faites ensemble, nos corps enlacés,
Le long de cette côte d'Émeraude qui est si belle et que nous aimons tant.

Pardon, mille fois pardons pour cette campagne qui m'est montée à la tête.
Ceux qui disaient que j'étais trop tendre avaient sans doute raison.
Pardon, mille pardons pour le mal que je t'ai fait.
Réinitialisons l'écran magique de nos consciences et recommençons comme avant.

Rappelle-toi, je t'ai dit que dans la cafétéria de HEP, il y a quelques années : je suis un animal étrange...
Celui-ci a parfois des comportements inappropriés, pardonne-lui...

Ton neuroatypique de Yann qui t'aime à la folie.

PS : Hier soir, je n'avais plus de batterie dans mon téléphone portable. Je t'ai envoyé un message sur ta boîte mail en me servant de l'ordinateur d'Yves.

Il y avait une seconde feuille dans l'enveloppe, Leïla la déplia. C'était une invitation. Une semaine de thalassothérapie aux thermes de Saint-Malo. Elle était libellée au nom de Mademoiselle Zelmani et Monsieur Chandelis.

Elle regarda sa valise par terre encore ouverte, ses vêtements empilés à la hâte et elle fondit en larmes. Quand elle se fut un peu calmée, elle décida de répondre à son compagnon. Elle voulut lui signifier que la politique était une mauvaise amante, qui avait failli ruiner leur couple. Et elle le fit sur le terrain de son ami, celui des mots. Elle en fut assez fière.

Prends garde à la politique,
Quand son démon te pique,
Il t'emporte entre ses serres maléfiques.

Prends garde à la politique,
Tu y laisseras ta vie,
Tu oublieras ceux que tu aimes et toute ta clique.

Prends garde à la politique,
C'est une amante tyrannique,
Qui t'amènera à des choix pas très éthiques.

Elle t'a fait miroiter le bonheur,
T'a enjôlé de ses fausses saveurs,
Et t'a ensorcelé dans ses leurres.

Prends garde à la politique,
Ce n'est qu'une maîtresse pathétique,
Qui a failli te faire perdre celle qui est la plus chère à ton cœur.

Leïla

Puis elle envoya.

Quarante-troisième chapitre

Où Leïla reprend sa vie en main

Leïla avait compris que cela aurait pu mal finir. Ça avait été comme un clin d'œil du destin.

Elle s'était accordé une période de césure pour croquer avec délice sa vie de jeune femme. L'Atelier de la Crêpe venait de s'achever. Maintenant, il était temps de penser à son avenir. Une carrière l'attendait, ses ambitions aussi. Et cela passait par la reprise de ses études. Elle ouvrit son ordinateur et se connecta au site du pôle universitaire de Saint-Malo.

Elle surfait distraitement sur les pages de la faculté malouine, lorsqu'un intitulé retint son attention : *Master en écologie sociale.* Cette formation abordait la problématique du développement durable sous l'angle sociologique, elle était orientée vers la recherche. Cela semblait répondre parfaitement à sa fibre humaniste.

Elle appela la responsable de l'enseignement. Après un entretien téléphonique, elles fixèrent un rendez-vous dans les locaux de l'université. Dès les premiers échanges, Leïla perçut la chercheuse passionnée et atypique qui lui faisait face.

Une rebelle comme moi…

Le courant passa entre les deux femmes. Avec son diplôme de sciences politiques, Leïla pourrait intégrer un master II. Madame Leguivinec lui conseilla de constituer un dossier le plus rapidement possible, les places étant peu nombreuses.

Avant de se lancer dans les démarches administratives, Leïla s'en ouvrit à son ami. Il se montra enchanté. Il souhaitait partager la vie d'une compagne active, indépendante et épanouie.

****

L'intégration directe en seconde année était un processus particulier. Leïla dut passer plusieurs entretiens où elle eut à argumenter de ses motivations. Elle y parvint parfaitement.

Et à la rentrée, elle se retrouva sur les bancs de la faculté, en compagnie de jeunes étudiants qui sortaient à peine du lycée. Vu la différence d'âge et d'expérience de la vie, elle avait redouté de se trouver en décalage. Elle fut agréablement surprise. Ces jeunes lui apparurent très matures et impliqués.

Peut-être parce qu'ils ont compris l'urgence face au désastre écologique, alors que ma génération avait encore un pied dans l'insouciance.

Ce ne fut pas chose aisée pour elle de recommencer des études. Cependant, grâce à la qualité des cours et à sa belle motivation, elle prit rapidement le rythme. L'année s'avéra fructueuse. Elle fit de jolies rencontres, ajouta de nouvelles branches à l'arbre de ses compétences déjà bien fourni et obtint son diplôme au mois de juin.

Elle parvint, après quelques semaines, à se faire embaucher comme directrice de recherche chez WWF France. Ce poste, captivant, correspondait pleinement à ses attentes. Elle l'avait négocié seule. Cette réussite, elle ne la devait qu'à elle-même. C'était sa fierté, celle d'une femme différente et libre.

Quarante-quatrième chapitre

Quand Yann découvre un aïeul qu'il ignorait

La date du débat entre les candidats à l'élection approchait. Par une belle journée du printemps 2032, Yann jugea judicieux de prendre conseil auprès de l'homme médiatique qu'était son père. Il décida de passer le week-end à Saint-Méloir-des-Ondes. Il proposa à Leïla de l'accompagner, mais celle-ci préféra rentrer à Lyon. « Je languis trop mes parents et ma petite sœur, lui avait-elle dit ».

****

Toute la famille Chandelis était allée sur la côte. Après une longue marche, ils avaient déjeuné à la terrasse d'une auberge, face à la splendide mer émeraude.

On pourrait se croire aux Caraïbes, avait pensé Yann.

En soirée, ils s'étaient installés dans le canapé du salon.
– On regarde le journal télévisé ce soir, dit Sarah.
– Tu es sûre ? On ne pourra plus discuter ! objecta Jonathan.
– Il y a un sujet que je veux voir absolument.
– D'accord, mais on règle le son en sourdine. Tu le monteras au moment opportun !
– Tivi, mets-nous Le 20 heures, s'il te plaît !
– *Sur quelle chaîne ? demanda Tivi.*
– La Une, dit Sarah.

Aussitôt, le tableau *Composition VII*, du maître de l'art abstrait, Vassily Kandinsky, qui semblait intégré à la cloison murale, s'estompa. Le journaliste vedette Kevin Gavigneau apparut. Après avoir présenté les titres, puis développé plusieurs sujets français, il passa aux reportages internationaux.

– Et maintenant, nous retrouvons notre envoyé spécial, Marc Zerbib en direct de Tel-Aviv ! Bonjour, Marc, vous m'entendez ?

– *Tout à fait, Kevin !*

– C'est aujourd'hui un jour particulier en Israël, je crois...

– *Absolument, c'est aujourd'hui Yom Ha Shoah, la commémoration des victimes de la Shoah et...*

– C'est ça ! Tivi, plus fort, ordonna Sarah, sur un ton qui ne lui ressemblait pas.

– *À 11 heures, les sirènes se sont déclenchées, et aussitôt le temps s'est figé, la vie s'est arrêtée. C'est très impressionnant dans une ville aussi trépidante que Tel-Aviv.*

S'ensuivit un reportage où un descendant insistait sur l'importance du devoir de mémoire.

– Merci, Marc, pour cet éclairage instructif !

– C'est bon, Tivi, tu peux baisser le son !

– Tu as l'air émue, maman...

– Oui. Quand ton arrière-grand-mère était sur le point de décéder, elle m'a fait jurer de respecter cette cérémonie, en mémoire de tous les individus qui ont été exterminés par les nazis.

– Toute une partie de notre famille a été déportée, reprit Jonathan. La majorité a malheureusement fini dans les chambres à gaz.

– Je sais. Mais on en discute rarement. C'est encore tabou, après tout ce temps ? interrogea Yann.

– Non... je vais essayer de t'expliquer. Après la guerre,

ton grand-père n'a plus voulu entendre parler de religion juive. Lorsque l'État français lui a donné la possibilité de changer de nom, ce fut comme une évidence pour marquer cette rupture.

— Chandelis, ça vient de là, demanda Yann ?

— Oui. Il s'appelait Blumenfeld, ce qui signifie *champ de fleurs* en yiddish. Il a pensé à champ de lys. Il trouvait cela joli, ces fleurs qui symbolisent la pureté, l'innocence. Et il a ainsi choisi son nouveau patronyme, qu'il a adapté en Chandelis. Il m'a élevé dans un esprit très assimilationniste et j'en ai fait de même avec toi.

— Tu ne m'as pas parlé d'un rescapé célèbre, aussi ?

— Oui, c'était un aïeul de maman. Il s'appelait Itzek Bernbaum. Il a écrit un livre à la fin du siècle dernier, où il a raconté son histoire.

— Si longtemps après ?

Au crépuscule de sa vie, il pensait que le devoir de mémoire était fondamental. Pour ne pas oublier, pour que cela ne se reproduise plus jamais. Il voulait laisser sa trace. Je pourrais te chercher l'ouvrage, si tu veux !

— Et comment, que ça m'intéresse !

— Tu verras, le titre est diablement provocateur !

— À table les hommes, dit Leïla ! J'ai fait simple, je vous ai préparé un repas breton : galettes salées et crêpes sucrées pour tout le monde !

****

Yann raconta, au cours du déjeuner, sa journée avec Mme Farcilli et ses amis.

— Et comment va Leïla, demanda Sarah ?

— Très bien !

— Elle ne s'ennuie pas trop pendant que tu es en campagne électorale ?

– Depuis qu'elle a repris la fac, elle a *le nez dans le guidon* !

– Toujours le grand amour entre vous deux ?

– Plus que jamais !

– Tu ne lui as pas proposé de venir ?

– Bien sûr, mais elle a préféré rentrer à Lyon !

– Tu crois qu'elle va parler de tes origines à ses parents ? demanda Jonathan.

– La connaissant, je n'ai pas de doute !

****

Il était dans son lit et feuilletait un magazine quand on frappa à sa porte. C'était son père.

– Tiens, voilà le bouquin ! Et il lui tendit le livre.

Et si je n'avais pas eu la chance d'aller à Auschwitz

Ça, pour être provocateur, on peut difficilement faire mieux !

Il n'était pas fatigué. Ça tombait bien, il allait s'y attaquer tout de suite.

Quarante-cinquième chapitre

Où Yann redécouvre un pan de son histoire familiale

Sans ménagement, Yann fut projeté dans la réalité crue des années noires françaises.

Itzek est le narrateur et le personnage principal de l'histoire. Il est colporteur en outillage. Il est âgé d'une trentaine d'années. Il habite avec sa femme et ses deux filles à Revigny dans la Meuse. Dans le village, tout le monde sait que sa famille est juive et ça ne crée aucun souci. La vie y est heureuse, il la savoure : il sillonne la campagne sur son triporteur, se baigne dans la rivière dès qu'il a fini ses tournées. Il ne perçoit aucune menace. Mais à Paris et dans les grandes villes françaises, l'antisémitisme progresse insidieusement. La France a capitulé. Le gouvernement exilé à Vichy devient le suppôt des Allemands et se plie avec bienveillance aux exigences de Berlin. Il va même plus loin. En 1942, les lois antijuives sont promulguées. Les israélites sont traqués, y compris dans les campagnes.

****

Quand Gustave et Ferdinand, les deux gendarmes du village, reçoivent l'instruction d'aller arrêter Itzek, ils sont contraints d'obtempérer et ça les contrarie au plus haut point.

— Mon pauv' vieux, on est ben désolés, on doit venir t'prendre, on a des ordres. Prépare ton balluchon, on r'vient dans deux heures.

Il est face à un dilemme qui aurait de quoi le rendre schizophrène : partir ou attendre. Ça discute ferme dans la tête d'Itzek.

— C'est un signe qu'ils te font... vite, fais ton bagage et fuis.

— Mais si je ne suis pas là quand ils reviendront, ils vont se venger ma famille.

— Pars, je te dis, sauve ta peau, ils sauront bien se débrouiller sans toi. Une femme, des enfants, ça peut plus facilement arriver à se cacher.

— Je ne peux pas les laisser, ce sont mes amours.

— Fais comme tu veux, mais je t'aurai prévenu.

— Je préfère encore être au clair avec ma conscience...

Deux heures plus tard, Gustave et Ferdinand reviennent.

— Ben tu es encore là, mon pauv' vieux ?

On est ben désolé, mais tu vas devoir venir avec nous.

Itzek est incarcéré au poste de police de Revigny. Des juifs, des résistants y sont déjà parqués. Pas de femmes. Des hommes, des enfants, des vieillards. Des officiers nazis surgissent. Ils font marcher les prisonniers, à coups de matraque, jusqu'à la gare. On les entasse dans des wagons à bestiaux. Le train s'ébranle. L'atmosphère est torride, insupportable. Certains pleurent, d'autres prient. Lui exhorte ses compagnons d'infortune à tenter une évasion. Beaucoup sont contre. Ils se forcent à croire qu'ils vont travailler, *là-bas*.

— Alors pourquoi les gosses, pourquoi les personnes âgées ?

Quelques-uns l'écoutent...

Il n'a cure des frileux et se met à la tâche avec les quelques outils qu'il a dans sa besace. Il parvient, avec la pugnacité et la force du désespoir, à disjoindre quelques planches. Le bois finit par éclater et il arrive à entamer quelques lames. C'est suffisant pour qu'un homme s'y glisse. En abordant un virage, le train ralentit. Au travers du trou, il s'extirpe et saute. Quelques camarades le suivent. Il se récupère en boule dans le fossé, se lève et court en zigzag. Il entend le crissement des freins, des cris, des coups de feu. Lui, il est vivant, les autres, il ne sait pas. Il erre dans la forêt, quémande de la nourriture dans les fermes. Parfois, on lui jette quelques restes.

Malheureusement, un jour, ça ne se passe pas comme prévu. Un fermier trouve un prétexte pour le faire patienter et prévient la Gestapo. Elle le remet dans un convoi. Direction l'Est. Et là, qui retrouve-t-il ? Moshé... Moshé Weintrop !

Les Weintrop, c'est l'autre famille juive de Revigny.

— Psst, Moshé !

— Itzek Bernbaum !

— Toi aussi, ils t'ont pris ?

— ...

— Ma femme, mes enfants ?

— Ne crains rien, ils sont cachés, chez Mme Klein, l'institutrice, son mari est gendarme !

Après des heures infernales, le train finit par s'arrêter. On décèle les portes des wagons. On fait sortir les prisonniers. Les SS [3] hurlent. Les chiens aboient.

Ils ne savent pas encore qu'ils sont à Auschwitz, l'usine de la mort. Ils voient des cheminées qui fument, une odeur pestilentielle envahit leurs narines. Des hommes en tenues rayées, hagards et décharnés, leur montrent les fumées, l'air désespéré. On les force à avancer jusqu'à une guérite où un SS les inspecte et vocifère des ordres. *Recht* [4], *Links* [5].

3. Organisation paramilitaire nazie chargée à l'origine de la protection d'Hitler

4. Droite

5. Gauche

– Ceux qui sont à gauche me paraissent en meilleure forme que dans notre colonne… Viens, on tente de changer de file !
– Moi, je vais où Dieu me dit d'aller, répond Moshé.

Mal lui en a pris. Dieu avait décidé, ce jour-là, de leur destination, à tous les deux : les chambres à gaz. Moshé y est allé, confiant en ce Dieu. Itzek aussi aurait dû finir en cendres. Mais lui, il n'y croit pas trop, en Dieu. Il préfère écouter son intuition. Et celle-ci lui suggère qu'il vaudrait mieux être dans l'autre file. Et c'est en désobéissant à la volonté divine qu'il bouleverse l'ordre du destin. Il profite du seul moment d'inattention du SS et change de côté. Ça a été l'affaire de trois secondes. Trois secondes où il a joué sa vie.

****

On les parque dans des baraquements. Ensuite, il y a ce qu'ils appellent le travail… Même l'esclavage est bien trop doux pour décrire cet asservissement, cet avilissement. Alors Itzek invente un mot : **la bestialisation**.

Sans compter le manque de nourriture, la vermine…

Chaque jour des hommes meurent, d'épuisement, de maladie, de désespoir. Mais lui, il sait que sa femme et ses filles sont en sécurité chez Mme Klein. Moshé lui a dit, il se force à y croire, il s'accroche à cette pensée.
Et il intime l'ordre à son cerveau de survivre.

Une journée… Encore une journée… Encore une autre…

Et puis, il y a l'entraide. C'est capital, l'entraide. Chacun doit honnêtement faire sa part de travail, être capable de suppléer un compagnon d'infortune quand il est terrassé par la faiblesse ou le désespoir. Celui qui n'a pas choisi le bon groupe est un homme mort.

Et il y a les SS. Le SS, il faut deviner ce qu'il veut de toi avant qu'il ne l'ait lui-même pensé, sinon il est déjà trop tard.

Dans les camps, il faut un cerveau qui travaille à mille à l'heure.

Dans les camps, il faut avoir de la chance, aussi.

En 1945, Itzek a participé à la longue marche de la mort. Il a été libéré par les troupes russes.

En épilogue de son livre, il raconte son histoire d'après-guerre. Il a retrouvé sa femme et ses deux filles. Elles avaient effectivement été cachées chez les Klein.

En 1945, la vie devait reprendre, il fallait reconstruire la France, il y avait besoin de main-d'œuvre partout. Itzek a été embauché par les usines automobiles Talbot. Il travaillait bien, alors il est monté dans la hiérarchie. Il est successivement passé, ouvrier simple, spécialisé, contremaître, directeur des ventes. Il a fini en beauté sa carrière comme PDG de la marque.

Une success-story à l'américaine.

Avant de poser le mot *fin*, il avait décidé d'écrire une lettre à celui qui aurait aimé être son bourreau, comme un pied de nez au destin.

Je ne te ferai pas le plaisir de prononcer ton nom,
Car tu es innommable et ce que tu as fait est indicible.

Qui suis-je ?
Je suis un, et je suis des millions,

Je suis les âmes de ceux que tu as exténués, gazés, brûlés.
Parfois je me demande si tu étais vraiment humain,
Si tu avais une conscience.

Si mes quelques mots peuvent éveiller en toi ne serait-ce qu'un lambeau de repentance,
Même au-delà de la mort
Alors, je n'aurais pas perdu mon temps.

Tu te souviens de cet enfant arraché par un de tes sbires SS des bras de sa mère,
Massacré à coups de crosse, rien que pour te plaire...
La mère, elle est devenue folle, hystérique, la mère.

Et toi, dans ton petit uniforme propret,
Tu t'excitais de ce macabre spectacle,
Qui t'était donné.

Puis impénétrable, tu rentrais à ta villa,
Tu caressais ton chien, glissais la main dans les cheveux de ta femme,
Lui faisais l'amour.

Regarde ces étoiles jaunes, là-haut, qui scintillent,
Tu as voulu les exterminer de la terre, tu n'as réussi qu'à les sublimer dans le ciel,
Ce sont elles qui par un retournement de casting ont pris le pouvoir.

Tu peux bien par lâcheté t'être suicidé, elles vont être ton cauchemar d'outre-tombe.

Je te souhaite une horrible mort, mon cher Adolf.

Et Itzek Bernbaum achève son récit par une ultime provocation.

« Et dire que sans Auschwitz, j'aurais été toute ma vie le petit colporteur de Revigny »

Deux heures plus tard, Yann refermait son livre, songeur.

Quarante-sixième chapitre

Où Yann se nourrit des conseils de son père

Ils s'étaient installés sur la terrasse pour leur petit déjeuner. Sarah était déjà partie répéter dans son studio d'enregistrement. Il était à peine 9 heures, la température était agréable, une belle journée printanière s'annonçait. Jonathan prenait un café, agrémenté d'un croissant, Yann s'était préparé un breakfast à l'anglaise : œufs sur le plat, bacon grillé, thé, jus d'orange.

— Alors, tu as commencé, le bouquin ?

— Tu veux rire, je l'ai fini... dévoré !

— Et tu en penses quoi ?

— Que ce fût un sacré loustic, cet Itzek. Mis à part le titre qui est très *hard* et la conclusion qui est bien *provocatrice*, mais bien vue, il nous donne une belle leçon de vie. Il est honnête avec sa conscience, il observe, il réagit vite. Il suit sa logique même si ce n'est pas celle des autres. Il est très intuitif et il garde toujours l'espoir. C'est ce qui le fait tenir.

— C'était peut-être un neuroatypique, dit Jonathan avec un sourire dans la voix.

— C'est vrai. Je sais que tu plaisantes, mais tu n'as pas tort. Sincèrement, il y a de ça en lui.

— Il a écrit son bouquin une quarantaine d'années après la guerre. Il avait dû beaucoup réfléchir. Je pense qu'il a appris à vivre avec le traumatisme de la Shoah.

— C'est vrai, papa. Mais sa femme et ses filles s'en sont sorties, ça a dû l'aider.

— C'est sûr. Mais même si ça n'avait pas été le cas, je crois qu'il serait parvenu à se reconstruire. Il en avait l'intelligence et la force de caractère.

— Je suis d'accord, dit Yann. Je l'aurais bien vu dire à Hitler dans une ultime provocation *Tu as voulu me détruire, m'annihiler, tu m'as traité de vermine. En attendant, c'est moi qui suis vivant, et c'est toi qu'elle bouffe, la vermine.*
— Bon, assez parlé de ça ! Si on se faisait un petit plongeon dans la piscine ?
— Tu rigoles ? On n'est même pas en mai, elle est encore trop froide !
— Tu es breton ou pas ?
— Juste d'adoption !

Ils piquèrent une tête. Elle était très fraîche. Ce fut plus un aller-retour qu'un bain.
— Ça réveille, mon Yann !

Ils s'étaient tous les deux emmitouflés dans de moelleuses serviettes et appréciaient la caresse du soleil matinal. Sarah les avait rejoints.
— Alors, Monsieur *l'homme de médias*, vous avez conseillé votre fils quant à sa campagne municipale ? demanda-t-elle, taquine.
— Non, on était en train de profiter de la vie ! Mais puisque tu en parles, on peut aborder le sujet !
— Nous vous écoutons, Monsieur le professeur !
— Professeur, professeur... Je n'ai pas ce titre, je suis juste chercheur !
— Médecin chercheur, ne te dévalorise pas ! Et un haut de gamme !
— Bon, vous arrêtez votre petit jeu, vous n'êtes pas tout seuls !
— Excuse tes parents de ce comportement d'adolescents ! Vas-y, Jonathan.
— D'abord, tu dois toujours avoir confiance en toi. S'il émane de toi de la conviction, l'autre le sentira et te respectera. S'il perçoit de la faiblesse, il t'écrasera.
— Ce n'est pas un peu violent, tout ça !

— Tu as choisi un monde impitoyable. Il y a une place de dominant et une de dominé. Tu dois prendre la première. Lors du débat, tes adversaires chercheront le K.-O. Il faut que tu anticipes les attaques, que tu sois sur le *qui-vive* prêt à parer.

— C'est de la politique ou de la boxe ?

— Ce sont en tout cas mes conseils ! Plus tu auras travaillé tes dossiers en amont, plus ce sera facile.

— Merci, papa !

— Une dernière chose, tu as une spécificité, tu es un neuroatypique Haut Potentiel. C'est ta force ! Pourquoi les tennismen gauchers sont-ils plus craints que les autres ? Parce qu'ils ont une différence.

Fais de ta différence une force, avait martelé Jonathan.

Quand il revint chez lui, en fin d'après-midi, Yann retrouva Leïla.

— Tu es déjà rentrée ?

Quarante-septième chapitre

Où Leïla rend visite à ses parents

Leïla s'était levée tard. Elle disposait d'une partie de la matinée pour traîner. Son TGV ne quittait la gare de Saint-Malo qu'à 12 h 43 et devait arriver à Lyon Part-Dieu à 17 h 59. Elle avait hâte de revoir ses parents et sa petite sœur. Leur dernière rencontre remontait à presque un an. Mais le sort joua contre elle.

Le train à grande vitesse s'arrêta en rase-campagne entre Laval et Le Mans.

Jingle de la SNCF.

– Bonjour, je suis votre agent de bord. Notre TGV est immobilisé en pleine voie, merci de ne pas descendre. Nous vous tenons informés.

Et zut, ça commence mal.

Dix minutes plus tard...

Jingle de la SNCF.

– Pour des raisons techniques, notre train va être contraint d'emprunter le réseau ferroviaire classique. Il récupérera la ligne à grande vitesse au Mans. Ce détour devrait engendrer un retard d'une heure à l'arrivée à Lyon. Nous vous demandons de bien vouloir nous excuser.

On vit alors l'immense majorité des passagers saisir leur mobile, tapoter un texto pour prévenir leurs proches. Leïla envoya un message à ses parents.

La suite du voyage se déroula sans encombre.

Jingle de la SNCF.

– Il est 18 h 44. Notre TGV entre en gare de Lyon Part-Dieu. Nous sommes désolés pour ce retard. Nous vous souhaitons un bon week-end et espérons vous revoir bientôt à bord de nos trains.

Elle remonta le quai. Elle s'attendait à voir son père ou sa mère. Elle aperçut sa petite sœur.

— Karima !

Elles se prirent dans les bras.

— J'suis contente de te voir, ça faisait si longtemps ! dit Karima.

— Et moi aussi ! Papa et maman ne sont pas venus ?

— Ils n'ont pas pu.

Pendant le trajet, elles papotèrent comme des gamines. L'une voulant tout connaître sur Yann, l'autre cherchant à savoir si Karima avait un petit copain. Elles sonnèrent joyeusement à l'interphone. Ce fut sa mère qui les accueillit. Leïla la prit dans ses bras. Elle abrégea l'effusion de sa fille.

— Viens vite à table, ton père n'aime pas manger tard.

Dans la petite salle à manger, sur une nappe blanche, des petits ramequins étaient disposés avec les *kémias*[6]. Quatre couverts avaient été préparés. Chacun avait deux assiettes, une petite pour les entrées et une grande, pour le plat. Il y avait deux carafes, une avec de l'eau, l'autre avec de la citronnade.

Mohamed, le père, était attablé.

— Bonjour papa, je suis contente de te voir, ça faisait si longtemps !

— C'est à cette heure que tu arrives ? Tu sais bien que nous ne mangeons jamais tard.

— Excuse-moi, le train a eu un problème, on a eu du retard. Je vous ai envoyé un texto. Maman ne t'a pas dit ?

— Mais si, papa, dit Karima, c'était quand tu lisais ton journal, tu ne te souviens pas.

6. Assortiment d'entrées à base de légumes frais (olives, poivrons, piments, etc.)

Puis, s'adressant à sa sœur.
— Regarde Leïla, des navets à la harissa ! C'est moi qui les ai faits, je me suis rappelé que tu aimais ça !
— Bon, on commence à manger, on a perdu assez de temps, dit le père.

Tout le monde était assis à sa place, l'atmosphère était pesante.
— Maman a préparé un *tajine*[7]. On a été acheter de la viande chez Mahmoud, c'est le meilleur boucher halal de Lyon, précisa l'adolescente.
— Comment va la famille, à Lyon ? demanda Leïla, pour mettre un peu de légèreté.
— Oncle Ali a eu un bébé. C'est une fille, elle est trop mignonne. Tu sais comment elle s'appelle.
— …
— Khadîdja ! C'est joli, tu ne trouves pas ?
Karima essayait de meubler le silence. Elle percevait le climat pesant, mais ne comprenait pas vraiment ce qui se jouait. La mère ne disait toujours rien.
— Qu'est-ce qui se passe ? réagit Leïla. Vous n'êtes pas contents de me voir ?
Le père explosa.
— Leïla, ne nous prends pas pour des imbéciles.
— Qu'est-ce qu'il y a ?
— Mohamed ! Pas devant la petite !
— Karima doit savoir que sa sœur veut nous ramener un juif.
— Mohamed, implore la mère… Karima, va dans ta chambre, s'il te plaît !
— Qu'elle reste, ordonne le père. Tu crois qu'on est des *bihntw'at*[8] ?

7. Préparation culinaire cuisinée dans un plat en terre cuite surmontée d'un couvercle traditionnel
8. Blédard

Le père redoubla de fureur

– Parce que Madame a fait des études, elle se sent supérieure… Mais aujourd'hui, même des *blédards* sont capables d'aller sur Internet. Google est avec nous, Google est avec Allah. Ta chanteuse, elle s'appelle Bernbaum, son mari Chandelis, mais c'est tous les deux des juifs !

– Mohamed, arrête ! supplia la mère.

Mais Mohamed ne s'arrêtait pas. Il était hors de lui.

Karima pleurait et le père n'en finissait pas d'éructer.

– Tu nous as menti.

– Quoi ?

– Tu nous as dit qu'il était athée.

– Sa grand-mère maternelle est protestante ! La religion israélite [9] se transmet par les femmes… il n'est pas juif !

– Tu vas cesser d'être impertinente, tu vas l'oublier et obéir. On va te présenter Djamel. Il vient d'une famille respectable, lui, de bons musulmans. Et il a un excellent métier. C'est un manuel. Pas un intellectuel comme les impies que tu fréquentes. Il est plombier.

– Qu'il continue à déboucher ses chiottes, hurle-t-elle !

– Tu ne parles pas comme ça à ton père, intime la mère.

– Je vais me gêner, peut-être. Je suis majeure.

– Quoi, tu oses, *bent el haram* [10].

– Ça veut dire que je décide de ma vie.

Le père se lève.

– Tu mérites une *treha* [11], fille indigne !

– Mohamed, calme-toi ! supplie la mère.

---

9. La grand-mère maternelle étant protestante, la mère l'est aussi, et le fils de celle-ci également. Religieusement Yann n'est donc pas juif.

10. Fille du mal

11. Raclée

Leïla fait comme si elle n'avait rien entendu. Elle poursuit, se fait romantique.
— Je l'aime. Il est gentil, il est doux, et même s'il n'est pas de chez nous, il me comprend, lui… c'est un neuroatypique, comme moi.

Puis, elle hausse le ton, à nouveau provocatrice.
— On a la même maladie ! Vous entendez, mon père, la même maladie ! Vous avez conçu une fille malade !
— Leïla, tu arrêtes tout de suite, ordonne la mère. Tu te tais et tu manges les bonnes choses que l'on a préparées pour toi.

Karima sanglotait. Le repas était lugubre. Personne ne parlait. On entendait juste le choc des couverts contre les assiettes. Le dîner terminé, Leïla rejoignit sa sœur dans sa chambre. Elle essaya de la consoler.

— Demain, je t'emmène à la Part-Dieu ! On va faire du shopping, toutes les deux, je vais t'habiller comme une vraie petite femme !

Elles partirent se coucher. Les images de la soirée tournaient dans la tête de Leïla. Elle était sceptique quant à une issue positive à la situation.

Le lendemain matin, au petit déjeuner…

– J'ai essayé d'influencer ton père, mais tu sais comment il est. Et puis, il y a le poids des traditions. J'ai parlementé, mais il était buté. Alors, j'ai pris les choses sous l'angle de ton syndrome et je lui ai dit que ce n'était pas facile pour toi, qu'il fallait te comprendre. J'ai fini par le convaincre.

– Merci, Maman ! Je savais que je pouvais compter sur toi !

– Mais il y a mis une condition.

– Laquelle ?

– Ton père veut qu'il se convertisse.

Leïla blêmit.

– Jamais ! Tu m'entends ! Jamais !

Et elle sortit en claquant la porte.

Quelques heures plus tard, elle était dans le centre commercial avec sa petite sœur.

– Viens, je t'emmène chez *Victoria's secret.*

– C'est une boutique de quoi ?

– De dessous féminins !

La jeune fille fut impressionnée par l'ambiance feutrée et cosy du magasin.

– Regarde ce petit coordonné, il n'est pas adorable ? Va l'essayer dans une cabine ! Tu le mets par-dessus tes sous-vêtements, bien sûr !

La préadolescente s'exécuta et ressortit quelques minutes plus tard.

– Parfait, il est parfait ! Habille-toi, on va en caisse, je te l'offre !

– Leïla !

Puis, elles continuèrent à faire les boutiques. Leïla lui acheta un jean moulant chez *Zara*, un pull à la mode chez *Mango*, une paire de ballerines chez *Marina*.

— Voilà, tu es belle comme un cœur, tu es prête à marier !

— Tu es trop gentille, je t'adore !

Et elle sauta au cou de sa sœur.

Lorsqu'elles rentrèrent à l'appartement, le père les attendait, le regard noir.

— Alors ?

— Pour la conversion ? C'est hors de question !

— C'est lui ou moi. Si c'est lui, je te donne un quart d'heure pour quitter cet appartement, tu n'es plus chez toi ici.

Leïla tourna les talons et partit dans sa chambre. Elle prit la grande valise sous le lit et y entassa tout ce qui était important pour elle, tout ce qu'elle avait envie de garder de sa vie d'avant. Elle entendait le père hurler.

— Je te répudie, *karba*[12]. Qu'Allah te maudisse.

Elle se dirigea vers la porte, tirant son gros bagage.

Karima et sa mère pleuraient. Leïla fit un très long câlin à la première, embrassa la seconde et quitta cet appartement dans lequel elle avait vécu pendant 18 ans.

Je laisse ma Karima adorée. Parviendra-t-elle à se rebeller ? Au moins, je l'ai habillée comme une vraie petite Française.

12. Pute

Quarante-huitième chapitre

Où deux femmes se rencontrent

Leïla allait enfin rencontrer Marie-Louise. Elle en avait le cœur battant, comme une gamine qui va à son premier rendez-vous amoureux. Il lui avait tant parlé de sa grand-mère.

****

Elle était arrivée en avance à la crêperie *La Galette retournée.* Elle avait choisi une table près d'une fenêtre, à l'écart pour l'intimité, et scrutait de son emplacement stratégique les personnes qui pénétraient dans le restaurant. Elle consulta sa montre, vérifia qu'elle était parfaitement apprêtée. Elle ne devrait plus tarder. En effet, une vieille femme entra. Elle fit un tour d'horizon de la salle et se dirigea vers Leïla. Elle marchait péniblement avec sa canne. Son visage était ridé, mais son regard bleu était plein d'intensité et de vie. Elle était très élégante, indubitablement.

Leïla se leva comme lorsque, enfant, le directeur arrivait dans la classe.

— Vous êtes Marie-Louise ?

Et elle lui tendit la main.

— Laisse-moi t'embrasser. Tu es aussi ravissante que me l'a décrit mon petit-fils !

C'est impressionnant. Elle ne fait vraiment pas son âge...

Elles s'installèrent. Après quelques banalités d'usage, la conversation prit rapidement un tour plus intime.

— Alors, ma petite, tu es une personnalité atypique.

— Oui, ce qu'on appelait le syndrome d'Asperger.

— Vous ne vous êtes pas retrouvés par hasard ! Tu sais, votre différence est une force !

— Merci ! Ce n'est pas toujours facile socialement. Il faut parvenir à dépasser nos blocages.

— Vous y arrivez parfaitement. Ton compagnon va sans doute devenir maire, et toi, tu as un poste à responsabilité au WWF, m'a-t-il dit. Tu t'y plais, j'espère ?

— Oui ! J'ai l'impression que je suis plus dans mon élément avec les animaux qu'avec les humains !

— Et en quoi consiste ton travail ?

— Il s'agit de reprendre toutes les données rapportées par nos collaborateurs, définir les actions prioritaires, les structurer, afin de préparer le terrain aux équipes de communication.

— Cela doit être passionnant.

— Ça l'est, effectivement.

— Bon, ce n'est pas tout cela. Si on commandait, car mon estomac me rappelle à l'ordre !

Elle trouvait Marie-Louise particulièrement cultivée et passait un excellent moment.

Elle se sentait vraiment à l'aise, aussi elle s'autorisa à poser la question qui la taraudait.

— Vous êtes protestante, mais votre mari était israélite. Cela ne vous gêne pas que votre petit-fils ait une relation avec une musulmane ?

— Pourquoi ce soudain vouvoiement ? Détends-toi, ma chérie ! Mon David et moi avons toujours été pour le métissage des cultures. Il n'y a que les extrémistes qui essaient de nous monter les uns contre les autres.

Leïla souffla. Les quelques mots qu'elle venait d'entendre faisaient tomber ses dernières appréhensions.

La vieille dame tint absolument à offrir le déjeuner à celle qu'elle considérait comme sa petite-fille. Avant de se quitter, elles s'étreignirent longuement.

Quarante-neuvième chapitre

Où un texto redonne à Yann un mental de gagnant

Les élections avaient lieu en octobre 2032. L'ultime débat se passait au château de la Briantais au milieu d'un superbe parc. Tous les candidats avaient pris leurs berlines à hydrogène.

Ils se pavanent dans des véhicules de marque française, alors qu'au garage, ils ont des Mercédès, des BMW, des Toyota. Quelle hypocrisie !

Lui était venu à vélo.

Avant de partir, il avait reçu un texto de son père avec ce simple message : « **Fais de ta différence une force.** »

****

Les flashs crépitaient autour de lui. La veille, il avait travaillé ses dossiers, mais il n'était pas entièrement à l'aise. Il savait qu'en tant que favori il allait être la cible d'attaques et il n'avait pas les talents d'orateur de son père.

Les prétendants au fauteuil de maire étaient entrés dans la grande salle de conférence du château. Ils s'étaient serré la main, puis chacun s'était installé derrière un pupitre à son nom. La célébrité journalistique locale, Bertrand de la Morandière, modérait le débat.

— Chères Malouines, chers Malouins, bonsoir.

Je vous remercie d'être venus si nombreux assister à ce débat en vue des élections municipales de Saint-Malo. Cela montre le dynamisme démocratique de notre ville. Je vais sans attendre laisser les candidats se présenter. Je compte sur leur civisme pour que les échanges se fassent dans les meilleures conditions et que chacun respecte les règles de courtoisie qui s'imposent.

Il céda la parole aux sept postulants. Le maire actuel, qui briguait un nouveau mandat, résuma son bilan, exceptionnel pour lui. Il mit en avant ses réalisations, ses projets-phares pour la mandature à venir. Il fut fréquemment interrompu et critiqué pour son immobilisme. Chacun exposa ensuite son projet alternatif pour l'avenir de la cité malouine.

Les débats étaient hachés et confus. Bertrand de la Morandière dut remettre de l'ordre à plusieurs reprises pour modérer les échanges. La représentante de Gauche Solidaire intervint et apostropha le candidat écologiste.

– Monsieur Chandelis, votre programme prévoit une évolution vers le tout biologique. Fort bien. Mais vous savez aussi bien que moi que le coût de ces produits biologiques est de 20 à 30 % plus élevé par rapport à la filière conventionnelle. Que faites-vous de nos ouvriers, de nos smicards, de nos chômeurs qui seront dans l'incapacité de se permettre ce surcoût ? Ils vont prendre leur voiture pour aller se ravitailler dans de grandes surfaces en dehors de la ville ? Pas très bon pour le bilan carbone... Alors, qu'est-ce que vous leur répondez, à ces travailleurs ?

Le candidat écologiste venait de recevoir un uppercut. Ses pensées avaient tendance à s'emmêler.

Il prit le temps de respirer amplement et tenta d'éclaircir son esprit.

– Nous allons mettre en place une politique de subvention visant à réduire les écarts de prix entre le biologique et le conventionnel.

— Ah oui ? Et avec quel argent ? En augmentant les impôts locaux, peut-être ?

— Absolument pas, nous allons solliciter des aides des pouvoirs publics.

— Monsieur Chandelis, ne vous faites pas plus naïf que vous ne l'êtes. Notre pays se relève à peine d'une nouvelle épidémie de Coronavirus qui a mis la France à genoux. Le gouvernement a des priorités bien plus importantes. Notamment le financement des hôpitaux qui manquent cruellement de moyens.

– Justement, toutes les enquêtes scientifiques ont démontré la corrélation entre agriculture biologique et santé de nos concitoyens.

— Allons, ne détournez pas sciemment le sujet !

Ce fut Antoine de la Morandière qui le sauva.

— L'heure tourne et notre temps nous est malheureusement compté. Je vais être contraint de mettre un terme à cet échange, au demeurant fort intéressant, pour aborder un thème qui vous tient à cœur : l'économie de la ville.

Heureusement. Il se sentait piteux. Il avait été mauvais.

L'attention se focalisa sur l'actuel maire et sa gestion de Saint-Malo, exceptionnelle pour lui, calamiteuse pour les autres candidats.

Yann en profita pour faire le vide dans sa tête. La maxime de son père lui revint à l'esprit.

« Fais de ta différence une Force ».

Il s'imprégna du mieux qu'il pût du message paternel, fit quelques respirations ventrales et se recentra.

Le débat se poursuivait. Antoine de la Morandière y avait mis de l'ordre. Les échanges étaient plus structurés, les orientations devenaient plus audibles. Dans la salle, les participants commençaient à avoir une idée plus claire des différents programmes.

Écoute, anticipe, sois à l'affût.

Le candidat écologiste dissident était en train de s'exprimer. Ses conceptions étaient particulièrement rigoristes.

Ce n'est pas vrai... il veut retourner au Moyen Âge... il va nous faire perdre !

Yann Chandelis demanda la parole.

– Je suis désolé d'intervenir, mais nous ne partageons pas la même vision. Nous ne souhaitons pas revenir deux siècles en arrière, mener une vie d'ascète et nous éclairer à la bougie. Être écologiste, c'est pour nous se situer dans la modernité, mais de manière raisonnée, respectueuse de l'environnement. C'est prendre sa voiture quand on a cinquante kilomètres à parcourir, et son vélo quand on n'en a que cinq.

Il était redevenu un conquérant, un battant...

Quand il fut question de la politique culturelle de la ville, il reprit la parole.

– Dans notre programme, nous demandons que le prix des places de spectacle soit fixé selon le quotient familial. Pourquoi ? Parce qu'il est inadmissible qu'une place de concert coûte plus de cent euros. Cela veut dire que de trop nombreux Malouins ne peuvent pas avoir accès à la culture. Cela n'est pas concevable pour nous !

Ceux de Gauche ne purent qu'apprécier la mesure, la Droite n'eut pas d'argument à lui opposer, sinon la difficulté de sa mise en place.

Antoine de la Morandière sonna la fin des échanges.

– Il est 23 heures. Le temps imparti est achevé. Je remercie les candidats et vous laisse la parole pour leur poser vos questions.

Méfie-toi, il y a toujours des tordus.

La lumière était revenue dans la salle. Un assistant circulait entre les rangs avec un micro. Le jeu des questions-réponses s'installa. Lorsque la source sembla se tarir, Antoine de la Morandière intervint.

— S'il n'y a plus de questions, nous allons clôturer cette soirée.

Une dame agita son bras.

— Bonsoir, je voudrais interroger le candidat écologiste Yann Chandelis !

— Il vous écoute.

— Monsieur Chandelis, vous avez eu la franchise de nous dire, dès le début de la campagne, que vous étiez atteint de la maladie d'Asperger, et cela est tout à votre honneur. Voilà ma question : est-ce que l'on peut confier la responsabilité d'une ville aussi importante que Saint-Malo à une personne présentant cette pathologie ?

Quand j'avais dit qu'il y a des tordus !

Ce fut un tollé dans la salle.

— Laissez-moi répondre. Cela me permettra de clarifier certaines choses. Le syndrome d'Asperger (et non maladie comme vous l'avez dit) n'existe plus dans la littérature médicale actuelle. Nous, porteurs de cette particularité, sommes qualifiés de personnalités neuroatypiques. Mais, puisque l'ancienne dénomination est encore communément utilisée, je ne vais pas me dédouaner. Je vous précise toutefois que je suis Asperger et Haut Potentiel, c'est-à-dire présentant des capacités très supérieures à la moyenne, ce qui me paraît être un atout... Je partage ce trouble avec certaines célébrités. Je peux vous citer Bill Gates, Mark Zuckerberg, Greta Thunberg... Isaac Newton et Albert Einstein l'étaient probablement si l'on avait pu les diagnostiquer à leur époque. Je pense que ces quelques noms, synonymes de réussite et d'excellence, pourront vous rassurer !

Puis, il finit avec ironie…

– De toute façon, ne vous inquiétez pas, si je suis élu, je vous l'assure, aucun de mes adjoints ne sera porteur du syndrome d'Asperger…

Le débat s'acheva dans une bronca générale. Il entendit ses partisans crier : *Chandelis pour Saint-Malo, Chandelis pour Saint-Malo…*

Cinquantième chapitre

Où l'on rentre dans l'intimité des jeux politiques

Comme on pouvait s'y attendre, avec sept listes en lice, les suffrages s'éparpillèrent et rien n'était joué à Saint-Malo au soir du premier tour. Si le PEF en était sorti en tête, le PHR le talonnait. Le Mouvement du Peuple, d'obédience populiste, était également en mesure de se maintenir. Sur les plateaux de télévision et les studios de radio locaux, chacun montrait les muscles, se disant certain de gagner seul, balayant les idées de fusions évoquées par les journalistes. Mais en coulisses, les discours étaient différents et les négociations, honnêtes ou mesquines, avaient commencé. Les jours suivants, les réunions se succédèrent dans les états-majors.

Yann et son équipe voulaient signer un accord avec la liste Écologie Autrement. Ses candidats n'étaient pas des politiciens avertis, mais des personnalités investies dans l'action sociale. Leur combat était louable, mais leur dogmatisme voilait leur regard et rendait leur projet irréaliste dans une société toujours en quête de gains de productivité et de consommation. Ce parti se leurrait en pensant changer drastiquement le modèle. Faire évoluer les mentalités était un travail de longue haleine, demandant patience, écoute et compromis. Les pourparlers avec ceux-ci furent moins faciles que prévu. Le candidat se montrait obtus et rétif à tout arrangement. Mais face à la réalité des suffrages, il dut se rendre à l'évidence. Il en était de son intérêt. Il mit de l'eau dans son dogmatisme et signa un accord de désistement en faveur du PEF.

Cela s'avéra plus compliqué avec le PHR. Bien que le parti se nommât humaniste, il était constitué de politiciens retors et aguerris. Leur bon score du premier tour leur donnait des ailes. C'était un jeu de poker menteur. Publiquement, ils claironnaient qu'ils pouvaient gagner seuls. En interne, ils savaient que c'était un pari trop risqué. Le choix d'une fusion finit par s'imposer. Il fallait maintenant désigner le candidat. Le PEF, arrivé en tête, revendiquait la nomination. Le PHR estimait qu'il était mieux placé pour rassembler. Les négociations furent rudes. Le dynamisme de Yann, sa formation en sciences politiques, la notoriété de son père qui se matérialiseraient en potentielles voix supplémentaires firent pencher la balance en faveur du PEF. Pour faire barrage aux extrêmes, le PHR finit par se désister pour le candidat écologiste au second tour. Est-ce que Leïla, en tant que membre influente, pesa sur la décision ? Connaissant le caractère de celle-ci et ses capacités de persuasion, l'hypothèse était probable.

Le pragmatisme politique ne fait pas toujours bon ménage avec les fiertés individuelles et chez les Chandelis, l'ambiance était au débat. Leïla était partagée. Bien que ravie pour son (futur) mari, il ne lui était pas facile d'admettre que son camp avait perdu la bataille des urnes. Cela signifiait qu'à l'issue des nombreuses joutes verbales avec son compagnon, elle était déclarée perdante. Mais les électeurs avaient tranché. Ils étaient une majorité à préférer que la ville soit dirigée par un maire écologiste. Leïla se résigna. 2032 serait l'année Yann Chandelis.

Cinquante-et-unième chapitre

Où Leïla et Yann passent une belle journée

Yann ouvrit un œil. Un timide rayon de soleil perçait au travers des rideaux. Il n'était que 7 h 50. Il se retourna. Leïla dormait à ses côtés. Elle était si belle. Il posa un baiser sur son front, elle gémit. Précautionneusement, il s'extirpa de la couette et se dirigea vers la salle de bains. Il entra dans la cabine de douche, laissa le jet brûlant lui réveiller les sens. Il se brossa les dents, se rasa avec soin. Sa toilette faite, il se fit un café, et alluma la radio.

Bonjour à ceux qui se lèvent tôt le dimanche ! Vous prenez peut-être votre petit déjeuner. Nous sommes le 27 mai et c'est jour d'élection. Près de 30 millions de Français sont appelés aux urnes pour élire leur maire.

Il enfila son plus beau costume et descendit dans la rue. Le bureau de vote n'était qu'à quelques centaines de mètres, en haut de l'avenue George V, à la mairie de Saint-Servan. Il faisait bon, il apprécia cette marche matinale. Il fit son devoir électoral. Deux journalistes en faction immortalisèrent le moment. Rentré à l'appartement, il ôta son complet et prit un jogging. Leïla était levée, elle avait préparé le petit déjeuner.

— Tu m'as gâté ! Œufs sur le plat, bacon grillé, thé, jus d'orange, tout ce que j'aime. Merci, ma Leïlette !

— Qu'est-ce que Monsieur le futur Maire a prévu ?

— Une journée de détente avec sa dulcinée ? J'ai la permission jusqu'à 17 heures ! Après, je dois me rendre au siège du parti !

— Une petite randonnée à vélo ? suggéra Leïla.

— Super idée, nous pourrions rejoindre la côte sauvage. Nous passerions par la route de la Varde qui longe la mer. On pourrait déjeuner au restaurant *La Perle noire*, à La Guimorais. Cette après-midi, la marée sera basse et il y a un gros coefficient ! On pourrait aller cueillir des huîtres sur les rochers.

— Ça me convient à merveille. Sauf la pêche à pied. Mais je sais que tu aimes tellement ça ! Vas-y seul, je t'attendrai avec un bon bouquin... Ou bien je commencerai à écrire un roman. Ça s'appellera *Journal d'une épouse de maire !*

Il l'embrassa tendrement.

— Tu seras bientôt ma femme... Quant à mon élection, ce n'est pas encore gagné !

— Arrête, tu es en tête des sondages !

— Je ne me fierai qu'à la réalité des urnes... Dépêche-toi d'aller voter, ma belle !

— J'y file !

****

La balade fut fort agréable. La mer était somptueuse. Ils passèrent un moment gustatif et charmant à *La Perle noire*, bien loin des contingences politiques. Après le déjeuner, ils se promenèrent le long du sentier des douaniers. À 14 h 30, Leïla suggéra à son compagnon qu'il était temps s'il voulait aller ramasser ses huîtres.

— Ça m'embête de t'abandonner, ma Leïlette !

— Ne t'inquiète pas. Je vais m'installer en terrasse. J'ai vu qu'ils ont des desserts d'enfer. Et puis, j'ai mon livre !

— Je ne serai pas long !

— Je te connais. Je sais que quand tu commences, mais pour quand ça finit... Tu t'oublies vite !

Il l'enlaça tendrement.

Les huîtres sauvages ne se laissent pas facilement prendre, ce sont des coriaces. Elles ont lutté pour leur survie et elles ne vendent que chèrement leur coquille. Elles se sont échappées des nurseries de conchyliculture de Cancale. Elles ont été portées par les courants qui les ont déposées sur les rochers de Rotheneuf, à l'extrémité Est de Saint-Malo, sur lesquels elles se sont fixées.

Il avança en direction de la mer. Enfin. Elles étaient là. Certaines étaient scellées dans la roche, d'autres semblaient plus simples à décrocher. Il s'arrêta, sortit ses outils. Il devait prendre son temps, observer minutieusement. Il fallait trouver le bon endroit pour enfoncer le tournevis afin que celui-ci pénètre le joint qui unissait l'huître au rocher. Trop bas, il s'épuiserait à frapper avec son marteau contre la roche. Trop haut, il casserait la coquille. Tous ses efforts auraient alors été vains et il n'aurait plus qu'à jeter sa prise à l'eau. Cela demandait de la patience, de la concentration. C'était la lutte entre l'homme et l'animal. Et parfois c'était l'humain qui devait s'avouer vaincu.

Il parvint à en cueillir une quinzaine. À contrecœur, il s'arrêta et remonta vers la plage. Il retrouva Leïla à la terrasse du restaurant.

— Fais voir ta récolte !

Elle regarda dans le sac à dos.

— Waouh ! Super ! Parfait pour fêter ta victoire !

Il posa un baiser sur ses lèvres.

Ils reprirent les vélos. À 16 h 30, ils étaient à l'appartement. Il se vêtit de ses habits de politicien.

— Tu es superbe. Un parfait costume de premier édile de la ville ! Je te rejoins à heure ?

— Viens pour 19 heures !

— D'accord, mon amour ! Je t'envoie plein d'ondes positives !

— Merci, ma Leï !

Il se rendit au siège du PEF de Saint-Malo. Il était d'humeur printanière. Cette journée avec Leïla l'avait détendu. Il arriva au local pour 17 h 15. Toute son équipe était déjà présente.

— Salut, Yann !

— Alors, quel est le ressenti ?

— Plutôt bon selon nos indicateurs.

— Pour quelle heure, les premières estimations ?

— Dix-huit heures !

— Il nous reste une demi-heure à tourner en rond !

— À préparer ton discours de vainqueur, tu veux dire...

— Arrête, *il ne faut pas vendre la peau de l'ours, avant de l'avoir tué.*

— On sait. Mais chez les écolos, on laisse les plantigrades mener leur vie sauvage dans leur tanière !

Au siège du PEF, la foule commençait à affluer. Les adhérents d'abord, puis les sympathisants, les curieux et enfin les pique-assiettes.

Peu après 18 heures, le conseiller en communication déboula dans les couloirs.

— Yann ! Tu es en tête !

— C'est vrai ? Tu as des chiffres.

— Non, mais c'est du sûr !

— Prudence, je préfère attendre le verdict définitif des urnes.

Leïla arriva pour 19 heures. Voyant la mine réjouie de son compagnon, l'équipe de campagne hilare, elle n'eut pas à poser de question.

— Bravo, mon vainqueur !

Et elle l'embrassa fougueusement.

Bonsoir, bienvenue sur Fréquence Malouine, la chaîne de télévision du pays de Saint-Malo. Merci d'être avec nous pour cette émission spéciale élection municipale. L'information vient de tomber sur nos ordinateurs : Yann Chandelis est élu maire de Saint-Malo avec 59 % des suffrages.

Ce fut la liesse dans la salle de réception du PEF. Le nouveau maire croulait sous les félicitations. Le champagne coulait à flots et les amuse-bouche étaient engloutis comme des petits pains. Les parents du candidat victorieux étaient bien sûr de la partie. Ils l'avaient copieusement congratulé. Ils mesuraient l'ampleur du chemin parcouru et respectaient l'émotion contenue de leur progéniture.

Sur la scène qui avait été installée, Sarah improvisait un concert a cappella. Jonathan l'écoutait amoureusement, fier de sa femme, fier de son fils.

****

Le vainqueur, l'homme *qui affichait sa différence comme une force*, qui fonctionnait autrement, était ailleurs. Loin de céder à l'euphorie, il réfléchissait déjà au coup d'après. Il se disait qu'il allait se servir de ce mandat municipal pour porter son message plus haut dans l'échelle du pouvoir. Mais pour l'instant, il était jeune et avait tout son temps. Il disposait de six belles années pour apprendre, gagner en expérience, avant de reprendre son ascension vers les sommets politiques.

****

Son mobile vibra. Yann toucha l'écran tactile et vit apparaître le portrait de sa grand-mère. Il s'empressa de lire le courriel.

Mon Yanouche adoré,

Ta Ma-Lou a voulu être dans les premiers à te féliciter pour ton élection. Eh oui, ta mamy t'envoie un mail. Comme quoi, elle n'est pas aussi « has been » que ça, comme tu dirais ! Bravo, mon chéri, j'ai toujours cru en toi. Déjà tout petit, tu étais un enfant particulièrement perspicace et éveillé — même si parfois tu me faisais tourner en bourrique —. Je suis absolument certaine que tu feras un excellent maire de Saint-Malo. L'écologie, c'est ta fibre. Surtout, ne te laisse pas manipuler par les extrémistes, il y en a partout, y compris dans ton camp. Mais j'ai confiance en toi. Et tu as une très belle femme à tes côtés. Embrasse-la pour moi. J'ai hâte d'être auprès de toi pour te serrer très fort dans mes bras.

Ta grand-mère qui t'aime très fort.

Quatrième partie

Cinquante-deuxième chapitre

Où Sarah se tourne vers le passé et Yann philosophe sur l'avenir

Sarah savourait la victoire de son fils aux élections. Elle sonnait comme la fin d'années de doutes. Tout avait été compliqué avec son enfant après la mission de recherche médicale en Afrique.

Avait-elle été égoïste ? N'aurait-il pas été plus prudent de laisser Jonathan partir seul ? Et si après le retour en France, en ne voulant pas s'avouer la gravité des troubles, elle n'avait fait qu'ajouter de la souffrance à la souffrance ? Quand elle avait enfin pris conscience de l'ampleur des difficultés, Madame Farcilli avait su l'écouter, l'apaiser. Le départ à Rennes avait ravivé ses craintes, mais elle avait été vite rassurée et finalement heureuse de voir son enfant s'approprier de belle façon son autonomie. La révélation du syndrome neuroatypique avait réveillé sa culpabilité.

Comment ai-je pu occulter cela si longtemps ?

C'était maintenant du passé. Les pages gris foncé de son histoire étaient tournées, et aujourd'hui, le nom de Yann Chandelis était synonyme de réussite sociale.

****

Le nouveau maire aurait pu se contenter de la confiance que lui avaient accordée les Malouins, mais il en voulait plus.

Saint-Malo ne sera qu'une étape.

Il visait plus haut. Il venait de gagner une bataille, mais il n'avait pas encore gagné les guerres : l'une, personnelle, contre la stigmatisation de la différence, l'autre, universelle, pour la planète.

Le président français Jacques Chirac, au siècle dernier, avait prononcé une phrase devenue culte : « *Notre maison brûle et nous regardons ailleurs* ». La situation n'avait que peu évolué depuis, en France. Yann aurait pourtant tant aimé que son pays soit premier de cordée en la matière. Il était prêt à s'investir pleinement pour qu'il le soit. Et même s'il était adepte du *chaque geste compte*, il savait que ce n'était pas en tant que simple maire qu'il parviendrait à faire développer des politiques énergétiques et environnementales ambitieuses.

Non, les décisions cruciales se prennent bien plus haut dans la hiérarchie.

****

Les États-Unis avaient élu, il y avait déjà plusieurs décennies, un président noir. La France pourrait-elle mettre à sa tête une personnalité neuroatypique(et juive de surcroît) ?

Yann avait acquis une force de caractère. Il reprendrait son ascension, lorsqu'il se sentirait prêt, vers les sommets du pouvoir même s'il était conscient que c'était un chemin miné, semé d'embûches.

Si nombreux furent les organes de presse à le soutenir, c'est parce qu'il avait su gagner leur confiance, par sa compétence, sa disponibilité, son écoute. Et cette histoire d'amour avec les médias commença le lendemain de son élection dans les colonnes de *La Gazette du pays malouin.*

Cinquante-troisième chapitre

Où la presse découvre le nouveau maire

La Gazette du pays malouin, 29 mai 2032

Comme l'avaient prévu les sondages, c'est le PEF qui a conquis la mairie de Saint-Malo. Lassés par la classe politique traditionnelle, les électeurs se sont tournés vers le candidat écologiste. C'est un pari risqué, d'autant que le nouveau maire est jeune. Il devra amener les différentes mouvances de sa formation à coopérer. C'est le premier défi auquel il sera confronté. Jusqu'ici, il a déjà su écarter les franges extrémistes de son camp et rallier des personnalités locales d'envergure. Il faut donc lui reconnaître une certaine habileté pour avoir réussi à ménager les susceptibilités de chacun et construire une équipe cohérente.

Parcours atypique de cet homme dont le père n'est autre que le grand chercheur, Jonathan Chandelis. Ce dernier avait fait la une des médias, il y a deux décennies, lors de l'expédition scientifique menée en Afrique baptisée *Les Vaccins de l'amour*. Il avait contribué à la découverte du sérum contre le sida. Son fils l'avait accompagné. C'est probablement là qu'il puisa ses convictions humanistes.

Le nouveau dirigeant a été diagnostiqué personnalité neuroatypique. Il l'a toujours revendiqué. Depuis son dépistage tardif, il n'a eu de cesse de clamer que sa différence est une force. David Yana, psychologue spécialisé au centre *Aspi + du CHU de Rennes* nous a confié que les difficultés sociales liées au syndrome peuvent être très atténuées, lorsque l'atteinte chromosomique n'est que partielle, ce qui, selon nos informations, est le cas.

Quoi qu'il en soit, le nouvel élu, qui s'est associé au PHR, a proposé un projet ambitieux, mais réaliste pour Saint-Malo. Gageons que ses résultats seront scrutés à la loupe. Si l'expérience malouine est une réussite, ce sera un excellent tremplin pour le PEF en vue des élections présidentielles.

Le jeune maire a su s'entourer de personnalités compétentes, souhaitons-lui bonne chance !

Y.L.

Cinquante-quatrième chapitre

Où les membres du clan Chandelis sont engagés dans leur ascension respective

Yann était devenu maire de Saint-Malo, c'était une victoire pour les personnalités neuroatypiques, pour tous les individus revendiquant leur différence comme une force. Depuis un an, il appliquait son programme. La cité malouine se réveillait d'une longue hibernation.

****

Les travaux de voirie avaient commencé. Une réalisation de grande envergure, issue des concertations citoyennes, voyait le jour : la ligne de tramway express. Elle partait de la gare TGV, rejoignait le quartier de Rocabey, se poursuivait le long du quai Duguay-Trouin, jusqu'à son terminus, l'esplanade de la porte Saint-Vincent, au pied des remparts. Le financement avait été permis grâce à un partenariat entre l'État, la Région et la Ville. Le projet avait bénéficié de la conjoncture pour être validé si rapidement. En effet, l'État venait d'être condamné, suite à un incendie dans une usine à risques majeurs, pour carence d'informations et mise en danger de la vie d'autrui. Le jugement était susceptible de faire jurisprudence. Or il s'avérait que les taux de pollution aux alentours du centre historique de Saint-Malo étaient alarmants et il devenait urgent d'y installer une mobilité propre. Le verdict sévère du procès expliquait l'empressement inhabituel dans les chaînes décisionnelles de l'exécutif, qui semblaient avoir tiré la leçon des errements du passé.

****

Loin du tumulte de la côte, de son bureau à Saint-Méloir-des-Ondes, le docteur Chandelis continuait son combat politique. La loi sur la gratuité du vaccin contre le sida devait aboutir. Il s'y investissait pleinement et de manière acharnée. Ses adversaires, les laboratoires et leurs lobbies, étaient coriaces, arc-boutés sur leurs privilèges. Il avait réussi, grâce à son abnégation, à faire tomber un à un tous leurs recours fallacieux. Le texte avait été présenté aux députés et voté en première lecture. Il attendait avec appréhension le verdict du Sénat, réputé plus conservateur.

Or, ce matin-là, il reçut un courriel à en-tête de la seconde Assemblée de la démocratie.

****

Sarah était prête à se consacrer entièrement à sa mission : la lutte contre le cancer du sein. Son association était créée, mais elle ronronnait trop à son goût. Il lui fallait un projet-phare pour la dynamiser.

C'est alors qu'une petite graine, semée une quinzaine d'années plus tôt, au retour d'Afrique à bord du *Seada observer*, reprit soudain sa germination.

La Course du Sein, bien sûr ! comment l'avais-je oublié ?

Au cours de l'assemblée générale que la présidente convoqua, la proposition de régate nautique entre Saint-Malo et l'île de Sein fut votée à l'unanimité. Dans la foulée, un groupe de travail fut mis en place. L'association disposait de nombreuses compétences avec la diversité de ses membres. Aussi, le chemin qui menait du fantasme à la concrétisation fut gravi avec plus d'aisance qu'elle ne l'eut imaginée.

Dès que le dossier fut suffisamment abouti, une délégation se rendit à la mairie avec la ferme intention de vendre le concept. Les nouvelles équipes écologistes écoutèrent d'une oreille favorable. Mais elles demandèrent des garanties d'équilibre financier.

Le moment était venu de partir à l'assaut des sponsors...

Sarah Bernbaum arriverait-elle à convaincre de grandes entreprises qui ne raisonnaient qu'en termes d'investissements et de bénéfices ? Les laboratoires de recherche qui avaient tant bataillé contre Jonathan Chandelis, son futur mari, accepteraient-ils de se montrer complaisants avec sa compagne ?

Cinquante-cinquième chapitre

Où les médias annoncent une excellente nouvelle

Le Quotidien de l'Ouest, 3 septembre 2033

Le médecin et chercheur Jonathan Chandelis a chaleureusement remercié l'Assemblée nationale et le Sénat d'avoir voté son projet de loi.

Ce dernier s'était lancé dans la bataille politique avec des objectifs humanitaires. Il avait initié le processus du referendum d'initiative populaire visant à rendre le vaccin contre le sida obligatoire et gratuit. La concertation avait été un véritable succès : huit millions de Français avaient adhéré à son appel. Ce préalable réussi, la proposition aurait dû passer rapidement devant les deux chambres de la démocratie. C'était sans compter sur le pouvoir de nuisance des lobbies pharmaceutiques qui avaient utilisé toutes les procédures pour empêcher l'aboutissement du texte. Il y a quelques mois, après des années de luttes acharnées, ayant épuisé tous les recours, ils n'avaient pu que s'avouer vaincus. Le projet de loi avait été présenté à l'Assemblée nationale, puis au Sénat, voté et adopté à l'unanimité.

Cette loi, dite *« loi Chandelis »*, pourrait bien faire jurisprudence et être à l'avenir appliquée dans tous les pays européens et à terme, espérons-le, dans l'ensemble de la Communauté des nations.

Suite à la promulgation de la loi, une marée humaine est descendue dans les rues et a scandé *: We have a dream...*

P. Z.

Cinquante-sixième chapitre

Où le lecteur s'aperçoit que le projet de Sarah est devenu réalité

L'Économiste d'Armor, 20 février 2034

Ce matin, en flânant autour du bassin maritime de Saint-Malo, on aurait pu se croire au départ de La Route du Rhum. Les visiteurs pouvaient apercevoir la même galerie marchande qui s'étirait le long des quais, les mêmes podiums, la même effervescence. Non, ce n'était pas La Route du Rhum qui allait avoir lieu, mais La Course du Sein, cette nouvelle épreuve organisée par l'association *Les Papillons roses a pour* objectif de récolter un maximum de fonds pour la recherche.

Il a fallu mettre en place une machine parfaitement bien huilée pour mener à bien cette opération caritative. C'est le défi que s'est lancé la femme de cœur et de tête qu'est la présidente, Sarah Bernbaum. En partenariat avec la Ville de Saint-Malo, elle a su gérer la logistique d'une centaine de skippers et de leurs embarcations.

L'un des grands favoris de la course est *Yannick Letourneur* sur le voilier *Ouest Bank.* Ce n'est autre que l'arrière-petit-fils du célèbre navigateur *Éric Tabarly.* En cas de victoire, il s'est engagé à reverser l'intégralité de sa prime de 75 000 euros à l'association organisatrice. La Ville de Saint-Malo a alloué une subvention de 500 000 euros. Elle s'attend, tout comme les sponsors, à un retour sur investissement. Les acteurs du tourisme malouin prévoient déjà une hausse de leur chiffre d'affaires. Les bénéfices se compteront probablement en milliers d'euros. Mais qu'en pensera le contribuable malouin lorsqu'il verra arriver sa feuille d'imposition ?

G. C.

Cinquante-septième chapitre

Où Leïla échange avec une skipper

Du poste de contrôle, Sarah observait sur l'écran géant, la carte marine de la pointe bretonne. Chaque voilier était symbolisé par son logo avec sa position en temps réel. Cela permettait d'avoir une vision synthétique de la course et des options de navigation. Le technicien expliqua que les bateaux étaient en permanence filmés par des drones. Il fit une manipulation sur son ordinateur. Sur une présentation mosaïque figurait la photo de chacune des embarcations.

— Vous avez envie d'échanger avec un skipper en particulier ? demanda-t-il.

— Vous pouvez me mettre en communication avec *Karine Lecantec*, sur *Médical et écologique* ?

— Bien sûr ! Je vérifie si elle est disponible.

Il pianota sur son clavier et le catamaran apparut. Il fendait les flots à vive allure. Il semblait voler au-dessus de l'eau grâce à la technologie des *foilers*, développée quelques dizaines d'années auparavant.

****

Sarah connaissait bien Karine. Celle-ci était originaire de Concarneau dans le Finistère. Elle avait commencé la voile très tôt. Elle avait à peine dix ans qu'elle était déjà capable de naviguer seule sur un petit *Hobby Cat*. Ce fut logiquement qu'elle s'engagea, jeune adulte, dans le sport nautique professionnel. Elle obtint des places prometteuses dans plusieurs grandes compétitions. Sa carrière fut malheureusement brisée par l'apparition à l'âge de trente-trois ans d'un cancer du sein foudroyant. La tumeur était si invasive qu'elle dut subir une double mammectomie. Cela aurait pu l'anéantir, mais cette Bretonne était une battante. Elle déclara la guerre à la maladie. Elle fut volontaire à une expérimentation innovante. Alors que la méthode classique du lambeau nécessitait d'aller prélever du muscle, généralement dans le dos, cette nouvelle technique visait à détruire les zones tumorales au laser, puis stimuler chimiquement le développement de cellules saines. La patiente devait porter pendant de nombreux mois un moule connecté à un ordinateur. Une fois le sein reformé, il suffisait d'ôter la matrice. Il ne restait plus qu'à greffer un mamelon synthétique.

Karine avait enduré beaucoup de souffrance, mais le résultat avait été une réussite. Dès que le traitement fut achevé et qu'elle s'en sentit capable, elle se remit à barrer un voilier.

Cette technique suscita d'énormes espoirs. Malheureusement elle fut stoppée net dans son développement, une patiente étant décédée d'une toxémie gravidique.

****

— Le voyant est vert, ça veut dire qu'elle est disponible, je vous la passe !

Quelques instants plus tard, une petite brune apparaissait à l'écran. Elle paraissait si frêle sur son immense embarcation.

— Alors Karine, pas trop dur ?

— Salut, Sarah ! Ben, le début a été mouvementé, vu les conditions météo. J'ai eu de la casse, mais j'ai réussi à réparer avec le matos à bord. Je suis en train de remonter vers le Nord pour attraper des vents porteurs. Comme tu le vois sur les images, il y a du soleil aujourd'hui, la mer est moins déchaînée. Je vais mettre le pilote automatique et essayer de me reposer un peu.

— OK, je te laisse. Je suis avec toi. Je t'embrasse fort.

— Merci, Sarah. Moi aussi, je t'envoie des bisous salés !

****

Le technicien compléta en expliquant le traçage des parcours, les vitesses, les statistiques. Sarah écoutait d'une oreille distraite. Ce qui lui importait, c'était la portée médiatique de la course et ce qu'elle pourrait en tirer comme bénéfices pour la recherche. Tout son être était rempli de fierté. C'était sa réussite, sa création. Elle ne le devait qu'à elle-même et à personne d'autre.

Cinquante-huitième chapitre

Où la réussite de La Course du Sein est totale

Le Quotidien de Bretagne, 29 avril 2034

La présidente de l'association *Les Papillons roses* a annoncé dans nos colonnes le succès de La Course du Sein. « Les dons ont dépassé mes prévisions les plus optimistes, a-t-elle déclaré ». Le vainqueur, *Erwan Tervex*, sur le catamaran *Voir plus loin*, lui a remis sa prime de 75 000 euros. Sarah Bernbaum a assuré que cette somme serait entièrement consacrée à la recherche. Elle a également confirmé qu'un accord de partenariat avec la Ville de Saint-Malo pérennisait la course à un rythme bisannuel. C'est une manifestation de plus pour la cité malouine. Elle devient, avec La Route du Rhum, La Route du Rock, La Route du Rire, Le Quai des Bulles, une des villes françaises les plus dynamiques en matière de festivals...

H.L.

Cinquante-neuvième chapitre

Où Sarah savoure son succès et s'interroge sur la suite à y donner

Sarah était comblée. C'était elle qui récoltait, en tant qu'organisatrice, les bénéfices médiatiques et financiers de la course. Parallèlement aux revenus commerciaux, les dons des visiteurs avaient également été importants. Son association de lutte contre le cancer du sein avait pris une autre dimension, et il n'était pas rare qu'un journaliste contacte sa présidente pour une interview. L'euphorie passée, il fallait gérer cette manne. Il y avait tant à faire.

Aussi décida-t-elle de prendre conseil auprès de son mari.

****

— Je serais toi, je transférerais ces fonds à *France-Cancérologie*. Tu as impulsé une superbe initiative, mon amour, laisse maintenant faire les gens qui ont la compétence !

— Je ferai tout pour que cet argent ne finisse pas dans les poches de personnes mal intentionnées.

— Je sais, ma chérie. Mais cette opération a pris une telle ampleur qu'elle dépasse le cadre d'une petite association.

— Petite association ? Tu veux vraiment que je me mette en colère !

— Excuse-moi, ma belle, ce n'est pas ce que j'ai voulu dire.

— Mais c'est mon bébé, Jonathan, j'ai envie d'aller jusqu'au bout ! Est-ce que ça te dit quelque chose, Jacques Crozemarie ?

— Non, rien du tout ! concéda son mari, piteux.

— Va jeter un œil sur Internet, tape Scandale de l'ARC [1] et on en reparlera ensuite. Après ça, tu comprendras pourquoi je n'ai plus confiance en personne.

— Et si tu demandais à Yann son avis, suggéra Jonathan. Il aura peut-être une idée.

— Excellente suggestion !

1. Association de Recherche contre le Cancer. Son médiatique président avait dans les années 1990 détourné des fonds destinés à la recherche à des fins personnelles.

Soixantième chapitre

Où une petite startup bretonne joue sur le terrain des grands

La Revue scientifique, 12 janvier 2035

La startup *Breizh biomédical*, installée à Saint-Jouan-des-Guérets, en périphérie de Saint-Malo, frappe un grand coup. Lauréate du fond d'étude européen sur les carcinomes malins, elle a réorienté ses travaux sur le cancer du sein. Elle a ainsi pu répondre à l'appel d'offres lancé par Sarah Bernbaum, la présidente de l'association *Les Papillons roses.* Elle en est sortie victorieuse, et va pouvoir poursuivre ses recherches.

Une première phase a permis de mettre en évidence un marqueur précancéreux, *le carsirol*, présent dans les urines de façon très précoce.

La deuxième fut d'élaborer un outil de dépistage standardisé, le Carsitest.

La troisième consista en la création d'une molécule de synthèse, la *Carciclast*, capable de bloquer les récepteurs cellulaires des zones tumorales. Les cellules malignes n'ayant plus de substrat auquel se fixer ne peuvent que dégénérer.

Les tests sur animaux s'étant achevés avec un taux de réussite de 80 %, l'Agence du médicament vient d'autoriser une expérimentation à grande échelle sur l'être humain. Souhaitons qu'elle confirme les premiers résultats prometteurs.

F. G.

Soixante-et-unième chapitre

Où le maire de Saint-Malo trace sa route

À mi-mandat, Yann Chandelis avait le sourire. Il était parvenu à affirmer sa différence comme un atout, et s'était forgé une stature d'homme compétent, et d'écoute. Il était en cela très apprécié par ses administrés. Écologiste raisonnable et raisonné, il appliquait son programme avec pédagogie. Il menait une politique déterminée, mais de concertation, et ses promesses de campagne devenaient des réalités. Ainsi, après le tramway, la digue du sillon, projet phare, avait été repensée. Des parcours cyclistes et piétons y avaient été aménagés et la végétation y avait retrouvé sa place. Les commerces saisonniers s'y étaient installés, créant une véritable dynamique. La population qui fréquentait la promenade s'était rajeunie et une partie des manifestations de rue qui se déroulaient précédemment *intra-muros* y avait migré. Cela apportait une réponse satisfaisante à certains habitants de la cité fortifiée qui se plaignaient des désordres engendrés.

L*a Croisette était à Cannes, La Promenade au Clair de Lune* à Dinard. Saint-Malo disposait maintenant de sa digue de bord de mer qui avait été baptisée *La Balade du Bonheur.*

On pourrait également évoquer la politique culturelle de la Ville, où le prix des places de spectacle corrélé au quotient familial était une réussite totale. Toute une frange de la population malouine qui en était exclue y avait maintenant accès. Les taux de remplissage exceptionnels compensaient en partie les pertes liées aux baisses de tarif. On se devait aussi de citer la ligne de tramway *Gare intra-muros.* Seul engagement en retard, celui de la généralisation du bio qui avait du mal à suivre du fait d'un manque de productivité locale en amont. Il lui restait trois ans pour mener à bien ce projet. Les oppositions faisaient grise mine et n'avaient pas trouvé l'angle sur lequel attaquer le maire. Il se murmurait de plus en plus que celui-ci aurait d'autres ambitions... L'échéance des présidentielles se profilait à l'horizon.

Le tout était de savoir si le modèle qui fonctionnait à l'échelle de Saint-Malo serait transposable à celui de la France. La route pour l'élection suprême était encore longue.

Soixante-deuxième chapitre

Où deux tourtereaux dînent en amoureux

Leïla et Yann s'étaient attablés pour dîner à la terrasse du restaurant *Le Grand Bé*, en plein cœur de la ville fortifiée. L'établissement s'y était installé, il y a un quart de siècle, dans les locaux de l'ancienne préfecture. D'importantes rénovations y avaient été réalisées. Les architectes qui avaient piloté le projet avaient réussi à mêler harmonieusement les styles.

Dès son ouverture, l'endroit s'était voulu un haut lieu de la gastronomie régionale et s'en était donné les moyens en débauchant une grande cheffe parisienne, *Paule Percluse*. Dès lors, le succès ne s'était plus démenti.

****

Le serveur apporta les cartes et salua le jeune couple.

– Monsieur le maire et sa compagne ! Quel plaisir de vous accueillir ! Si je peux me permettre, je vous recommande notre salade chaude aux petits légumes rissolés et aux trésors de la côte d'Émeraude.

– Je vous remercie. Ce n'est pas parce que je suis écologiste que je suis végétarien ! J'apprécie la viande, avec parcimonie, certes… Tout particulièrement vos côtes d'agneau de pré-salé du Mont-Saint-Michel !

– Ce n'était qu'une suggestion. Loin de moi, l'idée de vous imposer quoi que ce soit… Je vous laisse réfléchir. Prenez votre temps, il y en a pour tous les appétits et tous les goûts !

Et il s'éloigna.

— Très français, comme attitude... On adore mettre les gens dans des cases. Parce que je suis écolo, il me propose une salade !

— Il a dit ça par gentillesse, mon amour !

— Certes, mais je suis persuadé que si ça avait été l'autre député de droite du

Sud-ouest, celui qui est raillé pour son penchant prononcé pour la bonne bouffe... tu vois de qui je parle.

— Je ne sais pas... Jean Larcours ? suggéra Leïla.

— C'est ça ! Eh bien, je suis sûr qu'il lui aurait proposé la côte de bœuf fermière !

— Peut-être. Mais regardons plutôt la carte, j'ai une faim de loup... C'était une belle idée de m'inviter au *Grand Bé*, ce soir ! Une occasion particulière ? hasarda Leïla.

— Juste pour le plaisir de te faire plaisir !

Mais l'étincelle qui illumina brièvement sa pupille fit penser à Leïla qu'il en était peut-être autrement.

****

L'alarme-incendie soudain se déclencha. Les serveurs, très professionnels, interrompirent leur service, et se dirigèrent calmement vers les cuisines. Les portes coupe-feu se fermèrent avec fracas. Les lustres s'éteignirent et la salle fut plongée dans la pénombre. Le brouhaha s'arrêta net. Plus personne n'osait parler. On s'autorisait à peine à chuchoter. Un silence lourd s'était installé. Après quelques longues minutes, la lumière revint et le personnel réapparut. Les serveurs passaient de table en table, expliquant que des fumées intempestives avaient provoqué le déclenchement des alarmes et que l'électricité s'était coupée automatiquement. L'atelier de flambage de crêpes était à l'origine du désagrément. Ils transmettaient les excuses de la direction qui, en compensation, offrirait les desserts. Progressivement, les conversations reprirent, d'abord discrètement, elles gagnèrent en intensité et la salle retrouva sa cacophonie habituelle.

****

Leïla et Yann consultaient la carte lorsque le serveur arriva, les bras chargés d'un panier rempli de fruits exotiques.

— Nous sommes vraiment désolés pour cet incident. Notre cheffe Paule Percluse a appris votre présence dans notre établissement et en est flattée. Elle m'a demandé de vous apporter cette corbeille.

— C'est très délicat de sa part. Vous lui présenterez tous mes remerciements.

— Je n'y manquerai pas. Elle m'a également précisé que ces fruits proviennent de l'agriculture biologique. Ils ont été cultivés dans une petite exploitation de commerce équitable, à la Martinique... Mais je ne vous importune pas plus et je vous laisse déguster. Je me tiens à votre disposition pour le choix des desserts.

Puis il s'éloigna.

— C'est tout à fait charmant, dit Yann.

Ananas, bananes Frécinette, litchis, fruits de la passion, goyaves se côtoyaient...

— C'est si joliment présenté, commenta Leïla. Je ne sais pas par où commencer !

— Le maracuja, le fruit de notre passion ! suggéra Yann.

— D'accord, mon amour !

Elle était en train de couper la grenadille lorsque son couteau ripa sur quelque chose de dur.

— C'est bizarre, il n'y a pourtant pas de noyau dans ce fruit !

Elle gratta la peau. Ses doigts libérèrent un petit écrin. Elle ouvrit. Sur un coussinet de velours rouge reposait une bague de fiançailles.

Elle posa un regard amoureux sur son compagnon. Celui-ci lui sourit.
— J'aimerais que tu acceptes d'être ma femme !
— Oh toi, tu es Monsieur Surprise ! Bien sûr que je le veux ! Comme je t'aime !

Et faisant fi des clients qui dînaient, elle se leva et embrassa avec fougue son futur mari. Puis elle prit délicatement la bague et l'observa avec passion. Elle était belle et raffinée. Deux petits cœurs s'imbriquaient, l'un était en or jaune, l'autre en argent, le tout serti de diamants. À l'intérieur était finement gravé *L.&Y.*
— Elle est superbe. Tu connais si bien mes goûts ! Nous allons nous marier, je suis si heureuse !
— Présente-moi d'abord tes jolis doigts !
Il enfila l'anneau à l'annulaire de sa fiancée.
— Elle me va parfaitement !

Soixante-troisième chapitre

Quand la musique résonne à nouveau aux oreilles de Sarah

Avec le succès de La Route du Sein, Sarah avait donné une dynamique à son association et respectait le désir de sa défunte jumelle. Elle se sentait maintenant délivrée, libre de s'investir à nouveau pleinement dans la musique. Il était temps pour le Muticultural Progressiv Band de prendre un nouveau départ.

****

Elle était satisfaite. Elle avait parfaitement agencé les dépendances de sa demeure bretonne. Elle y avait créé son espace artistique, *sa grange à musique*, comme elle aimait à dire. Elle pouvait y faire tout le vacarme qu'elle voulait, cela ne dérangerait personne. Elle s'était dotée d'équipements techniques et possédait un véritable studio de répétition et d'enregistrement. Elle avait également aménagé un appartement. Ses comparses demeurant tous en région parisicnnc, il fallait qu'ils puissent loger sur place.

****

Dans un premier temps, ils vinrent les week-ends. Mais ils prirent vite goût à la douceur malouine et Saint-Méloir des Ondes devint leur lieu de résidence. Ils jouaient fréquemment sur les pavés d'intra-muros ou de la digue du sillon. Ils enregistrèrent deux CD : *Mixité* et *L'Album arc-en-ciel.* Si l'accueil du premier fut mitigé, le second se révéla être un véritable succès.

Soixante-quatrième chapitre

Quand la presse s'intéresse au Multicultural Progressiv Band

Les Musicalités de l'Ouest, 12 mai 2036

Bonne nouvelle pour leurs fans : le Multicultural Progressiv Band part en tournée. Ce groupe à la musique bigarrée puise ses inspirations dans ses origines multiculturelles très diverses. Leurs textes engagés, qu'ils séduisent ou dérangent, ne laissent jamais indifférents. Ils traitent de l'écologie, de l'altermondialisme, du dialogue intercommunautaire. Leur chanteuse, *Sarah Bernbaum*, qui n'est autre que la présidente de l'association *Les Papillons roses*, a déclaré que l'ensemble des recettes irait à la recherche médicale.

Allez-y pour la musique, vous ne serez pas déçu, et vous ferez du même coup un geste contre le cancer.

Vous trouverez toutes les dates et les lieux de concert sur notre site Internet : www//lesmusicalitesdelouest.fr

F. S.

Soixante-cinquième chapitre

Où Yann doute de sa France et Leïla renforce son compagnon

Le maire de Saint-Malo avait brillamment démontré que l'on pouvait mettre l'écologie au centre de la cité, sans baisse notable du niveau de vie, sans mesures révolutionnaires, simplement avec du bon sens et de la compétence. Il voyait avec tristesse qu'il n'en était pas encore de même à l'échelon national. Le centralisme parisien était toujours de rigueur. Des technocrates y prenaient des décisions en dépit des réalités du terrain.

Au gouvernement, l'économie restait reine, et les ministres se perdaient dans des jeux d'ego et de luttes politiciennes. Entre les élites et le peuple, il y avait comme une pathologie de la communication.

Il s'en ouvrit à Leïla.

— Je vais finir par être désespéré de la politique nationale. Les priorités économiques et sociales passent toujours avant l'écologie. On rogne sur les budgets et au final, des décisions cruciales pour l'environnement ne sont pas prises. Et quand les catastrophes arrivent, il n'y a plus personne pour endosser les responsabilités. C'est *la faute à pas de chance* ou aux prédécesseurs.

— Il faut être positif. Les mentalités évoluent, pas aussi vite que tu l'aies voulu, mais elles progressent. Regarde l'action que tu as pu mener à Saint-Malo. On ne t'en aurait pas donné les moyens il y a vingt ou trente ans.

— Mais Saint-Malo n'est pas la France, et c'est cela qui m'attriste.

Leïla changea brusquement de sujet.

— Tu as vu les campanules dans le grand bac à fleurs sur notre balcon, demanda-t-elle ?

— Oui, mais je ne comprends pas où tu veux en venir, fit Yann, interloqué...

— Figure-toi que j'y avais planté trois pieds. Ils se sont propagés pour faire un superbe massif bien dense.

— Et ?

— Par cette métaphore, je te signifie que tu as semé des graines. Laisse-les croître et tu seras impressionné par ta récolte.

— L'image est belle, elle plaît à mon petit cœur écologiste...

— Le temps de la politique est lent. Surtout pour un précurseur comme toi. Tu dois apprendre à être patient !

— Tu as sans doute raison, mon amour.

Ce soir-là, il eut du mal à s'endormir. Les mots de Leïla trottaient dans sa tête.

Laisser germer, certes... mais la planète n'a plus le temps d'attendre.

Soixante-sixième chapitre

Quand l'imprévu s'invite et la réalité semble se disloquer

Un matin, Yann se réveilla avec une forte fièvre. Il prit un cachet de *paracétamol* et la température finit par retomber. Comme cela réitéra le jour suivant, il se dit qu'il serait plus prudent de consulter.

****

La généraliste auscultait Yann...

— À l'examen clinique, je ne constate rien d'inquiétant. Je ne souhaite pas vous donner de traitement symptomatique. J'ai besoin de comprendre d'où vous viennent ces épisodes fébriles. Je vous prescris une batterie d'analyses.

Il revint, très circonspect, à l'appartement.

— Alors, que t'a dit ta médecin ?

— Elle n'a rien trouvé. Je dois faire des prélèvements sanguins.

— Attendons les résultats, répondit Leïla, très moyennement rassurée.

Quelques jours plus tard, il retournait voir sa généraliste.

— Vos constantes sont excellentes. Pourtant, il y a forcément une explication. Je vous renvoie au laboratoire pour des hémocultures. Ils vont cultiver votre sang et on y verra peut-être plus clair ensuite.

****

Le surlendemain, dans la soirée.

— Bonsoir, Monsieur Chandelis. Ici le Docteur Chatal. La biologiste m'a téléphoné. Elle a décelé la présence d'une bactérie dans votre sang. Vous devez tout de suite vous rendre aux urgences. Je suis désolé, il n'y a malheureusement pas d'autre choix.

Livide, Yann encaissa l'information. La boule dans la gorge, il mit son amie au courant.
— Je t'accompagne ! lança celle-ci.

Il envoya un texto embrouillé à son père.

Vers 20 h 30, ils arrivèrent à l'hôpital de Saint-Malo. Ses parents l'attendaient déjà. Sa mère l'étreignit longuement.
— Ça va aller, murmura-t-elle la voix blanche.

Ils n'étaient malheureusement pas les seuls. Ils furent confrontés à la triste réalité des urgences.

Attente, attente, attente. Déprime, déprime, déprime.

Le docteur Chandelis tenta bien de jouer de sa notoriété, mais il fut vertement rabroué.

À 23 heures, Yann leur suggéra de rentrer. Ils repartirent, pas sereins.

****

Ce ne fut qu'à minuit qu'il fut pris en charge. Une infirmière lui fit une analyse de sang et un électrocardiogramme. Vers 1 heure du matin, un interne le visita et effectua une échographie cardiaque. Il avait le regard fermé, concentré sur son écran. Un silence oppressant s'installait.
— Écoutez, je vois un amas de cellules autour de la valve mitrale de votre cœur. Dans ces conditions, je préfère vous

hospitaliser et vous mettre tout de suite sous antibiotiques. Vous verrez demain un cardiologue. Lui seul est habilité à poser un diagnostic.

Atterré, il envoya un texto à Leïla. Celle-ci ne dormait pas, bien sûr. Elle promit de venir à son chevet dès que les visites seraient autorisées.

****

Ce ne fut qu'à 3 h 30 qu'il intégra une chambre et fut mis sous perfusion. Il put enfin s'allonger dans un vrai lit, mais le sommeil eut du mal à venir. Le lendemain, il rencontra le cardiologue. Non seulement celui-ci lui confirma le diagnostic, mais il y ajouta une triste précision : les bactéries avaient transpercé la valve mitrale. L'opération s'avérait inévitable.

L'intervention chirurgicale, trop pointue pour le centre hospitalier de Saint-Malo, allait avoir lieu au CHU[2] de Rennes. Yann y fut transféré.

Au matin, il appela son père.

— Qu'en penses-tu, papa ?

— Je suis incompétent en la matière, mais l'hôpital de Rennes a un service de chirurgie cardiaque réputé. Je vais essayer de contacter mes confrères rennais.

— Merci, papa.

— Sois fort, mon fils. Je sais que tu l'es.

— Merci, papa.

Il tint Leïla informée de la mauvaise tournure des évènements. Elle accusa le coup, mais sa voix ne trembla pas.

2. Centre Hospitalier Universitaire

— Je suis avec toi, mon amour. Je m'occupe de l'administratif. Je préviens la mairie. Je viendrais te voir toute l'heure.

****

L'hôpital malouin disposait d'une vaste terrasse. Ils s'y retrouvèrent en début d'après-midi. Ils s'assirent sur un banc. Le soleil réchauffait leurs corps, mais pas leurs cœurs.

— J'ai fait le nécessaire. Ton adjoint va assurer l'intérim pendant ton absence. Tes collègues sont conscients de la gravité de cette opération. Ils pensent tous très forts à toi.

Ils s'enlacèrent. Des larmes coulèrent le long de leurs visages.

L'année 2037 ne débutait pas sous les meilleurs auspices…

Soixante-septième chapitre

Où Yann retrouve Rennes dans de pénibles circonstances

Transfert vers Rennes. Yann discutait avec les ambulanciers. Parler l'ancrait dans le présent et lui évitait de penser à l'avenir.

Nouvelle chambre, au quatrième étage. Vue sur le métro automatique aérien. Des idées plus noires les unes que les autres peuplaient son esprit défait.

Le chirurgien vint le visiter. L'opération à cœur ouvert qu'il allait pratiquer était certes très lourde, mais parfaitement maîtrisée. Yann aurait pu être écrasé par cette sombre perspective, mais l'homme était un être lumineux et il accepta de laisser son cœur et sa vie entre ses mains expertes.

****

Le centre hospitalier de Rennes-Pontchaillou était gigantesque. On aurait facilement pu se croire dans un aéroport.

Le jour de l'intervention, une ambulance vint chercher Yann et l'amena au bâtiment dédié à la chirurgie cardiaque. Le compte à rebours était terminé, et l'inconnu devant lui. Leïla ne serait plus là pour l'accompagner. Il était maintenant seul face à lui-même.

****

Bloc opératoire. Lieu aseptisé et sans âme...

L'infirmière-anesthésiste qui le prit en charge lui expliqua le processus d'endormissement. Elle trouva les mots pour le rassurer.

Son téléphone vibra. Elle répondit. Son visage se ferma.

— Je suis désolé, Monsieur Chandelis, une urgence gravissime vient de nous arriver.

Nous sommes contraints de différer votre opération.

Des ambulanciers ramenèrent Yann à sa chambre. Ce n'était pas le jour.

Il apprendra plus tard qu'il s'agissait d'une rupture aortique, que l'intervention chirurgicale avait duré plus de sept heures. L'issue, on ne lui dit pas. Il prit conscience qu'il y avait toujours un échelon supplémentaire sur l'échelle de la gravité.

****

Il n'y eut pas de contretemps, le lendemain.

Alors qu'on lui posait le masque sur le visage et qu'il respirait la substance anesthésiante qui allait l'emporter vers un sommeil artificiel, il ne pouvait pas se douter, heureusement, des complications qui allaient survenir. Son processus vital allait être engagé. Trois passages au bloc et plusieurs transfusions sanguines seraient nécessaires pour le ramener à la vie.

****

Yann émergeait des limbes dans lesquels il avait été plongé. Sa vue était trouble.

Il distingua une silhouette. Une jeune femme était à ses côtés, ce n'était pas Leïla.

— Bonjour Monsieur, vous venez de vous réveiller. Vous êtes dans le service de soins intensifs. Je m'appelle Marjorie et je suis votre infirmière. Vous avez eu une très lourde opération. Je sais que c'est douloureux, la morphine ne vous soulage que partiellement. Il va vous falloir être patient, votre corps a besoin de temps pour se remettre.

Elle lui sourit. Il la trouva jolie. Cette émotion le remplit d'une joie intérieure, il revenait à la vie. Quoi de plus beau ?

— Pouvez-vous me dire dans quelle ville nous sommes, lui demanda-t-elle ?

Il voulut répondre, mais aucun son ne sortit de sa bouche. Soucieuse, elle l'interrogea à nouveau.

— Quel est votre nom ?

— …

Elle se pencha vers son visage.

— Vous ne parvenez pas à parler… prononcez et je lirai sur vos lèvres.

Il s'exécuta.

— Y-a-nn Chan-de-lis ?

Elle hocha la tête.

— C'est à cause de l'intubation… ça va revenir, ne vous inquiétez pas ! Sur une échelle de 0 à 10, quelle est l'intensité de vos douleurs, 10 étant la note maximum ? Montrez-moi avec vos doigts !

Il en leva sept, péniblement.

— Je vous donne un cachet analgésique !

Il acquiesça.

— Tenez. Vous n'avez qu'à laisser fondre sous la langue. Je dois vous quitter, je gère deux chambres. Vous avez la sonnette, n'hésitez pas à appuyer si vous avez besoin de quoi que ce soit.

Il esquissa un pâle sourire. Il aurait tant aimé qu'elle reste. Sa simple présence l'aidait à s'extirper des ténèbres et le maintenait dans le présent, du côté de la vie.

****

L'unité de soins intensifs était un vaste hall carré autour duquel étaient réparties toutes les chambres. Tous les patients pouvaient ainsi être surveillés 24 heures sur 24. Dès qu'une personne actionnait son alarme, toutes les autres s'en trouvaient dérangées, mais c'était le prix de la sécurité. Yann dut s'y faire.

Il supportait difficilement le lit anti-escarres motorisé qui se déclenchait régulièrement et l'empêchait de dormir.

****

Progressivement, les réflexes s'installaient.

— Mesure de la tension, il tendait le bras droit.

— Prise de sang, il serrait le poing, inspirait, soufflait pendant la piqûre puis appuyait sur le coton avec le doigt, pendant que Marjorie coupait la bande de sparadrap.

— Relevé de la saturation, il présentait son majeur gauche.

Ces rituels allaient le suivre jusqu'à la fin de son hospitalisation.

****

Il quitta l'unité de soins intensifs au bout de cinq jours, pour le service de cardiologie. C'était un premier petit pas dans la bonne direction.

Lorsque l'infirmière lui annonça que son amie était là et lui demanda s'il était d'accord pour la voir, il fit non de la tête, tant il était exténué.

Le lendemain, il accepta la visite de sa compagne. L'entendre suffit à réchauffer son cœur martyrisé. Il essaya de prononcer quelques mots. Les vagues sons qui sortirent de sa bouche le fatiguèrent terriblement. Leïla se fit violence pour partir, mais elle savait qu'elle devait le laisser se reposer.

Il partageait sa chambre avec un autre patient. Comme sa voix commençait à revenir, il pouvait échanger. Il se sentait ainsi moins seul.

****

Dès qu'il eut repris un peu de force, il tenta de se séparer de sa pire amie, *la morphine*. Ce fut loin d'être facile. Il prenait conscience de sa vulnérabilité et avait du mal à accepter sa dépendance, surtout pour les fonctions les plus intimes. Sa pudeur en était profondément affectée.

****

Ses parents, ainsi que Leïla, venaient le visiter très régulièrement. C'était quelques gouttes de bonheur dans un océan de tristesse et de douleurs. Mais elles étaient ô combien délicieuses !

Sur sa table de nuit, les cartes s'amoncelaient. Beaucoup le touchèrent aux larmes tant elles étaient émouvantes. Cela lui faisait chaud à son cœur. Il en avait vraiment besoin.

****

Enfin, il se sentit prêt à une sortie dans le couloir, son pic à perfusion comme canne d'équilibre. Ce fut pour lu comme un marathon. Cela le fatigua énormément, mais c'était un bon début.

Il s'enhardissait, chaque jour un peu plus, et laissait le doux parfum de l'autonomie l'envahir.

Il devenait capable d'aller en salle de pause, feuilleter un magazine, avoir un échange téléphonique… Sa voix était presque revenue. Mais une douche froide allait le surprendre sur son chemin d'évolution. Un œdème autour du cœur avait été détecté, si celui-ci ne se résorbait pas rapidement, il faudrait repasser au bloc, réopérer, drainer.

Les médecins programmèrent trois échographies, au terme desquelles ils prendraient une décision. Yann et Leïla vécurent la semaine dans le stress et l'angoisse. Jonathan, référence médicale, tentait de rassurer, mais impliqué émotionnellement, ce n'était pas facile pour lui. Au final, plus de peur que de mal, l'œdème, au bout de quelques jours, avait disparu. Yann put quitter le département de cardiologie où il avait trouvé ses marques, pour être transféré dans l'unité des maladies infectieuses.

****

Changement de décor. Bâtiment glauque.

Cerise gâtée sur le gâteau, on lui attribua une chambre d'isolement, la seule qui était disponible. Triste constat : fenêtre hermétiquement obturée, air pressurisé constant à 19 degrés. Tout pour devenir claustrophobe. Il venait d'abandonner un service lumineux pour ce sombre département des maladies infectieuses. Le personnel y était moins affable et les médecins passablement obtus. Il en résulta une régression totale. Sa voix se dégrada à nouveau. Le soir, il était pris de spasmes diaphragmatiques incontrôlés.

Rien de plus éloquent pour démontrer l'influence des facteurs psychologiques sur la physiologie corporelle.

****

Heureusement, le calvaire ne dura que quelques jours.

En effet, le médecin-chef du service vint lui annoncer qu'il allait être rapatrié sur l'hôpital de Saint-Malo. Il n'en fallut pas plus pour orienter le curseur de son moral dans le bon sens. Un mois après une intervention extrêmement délicate, Yann empruntait à nouveau la quatre-voies en ambulance, mais cette fois, dans le bon sens. Celui qui l'éloignait du lieu de la chirurgie intrusive et le rapprochait de la douce senteur de la vraie vie, enfin.

À son arrivée à l'hôpital malouin, Leïla l'attendait. Ses parents, des élus, des amis proches également. Toute une haie d'honneur revigorante.

Sa mère le serra longuement dans ses bras. Des sanglots coulaient le long de son visage. Ce n'étaient plus des larmes de stress, mais de joie. *La mère juive* avait retrouvé son fils.

Soixante-huitième chapitre

Où Yann reprend goût à la vie et la déguste avec gourmandise

Yann voyait maintenant sa famille tous les jours. La grande terrasse du rez-de-chaussée était devenue le lieu de prédilection pour leurs rencontres. Il échangeait fréquemment au téléphone avec sa grand-mère. « *Je suis fier de toi, lui avait-elle dit. Tu as terrassé cette perfide bactérie comme ton grand-père a vaincu le péril nazi* ».

Il recommençait à tutoyer la joie de vivre. Sa demande de cure de réadaptation avait été acceptée, elle se ferait dans la cité dinardaise, sur l'autre rive de la Rance.

****

Adieu hospitalisation, adieu antibiothérapie, adieu pied à perfusion. Yann partait à Dinard en homme libre, en homme neuf. Il s'accorda quelques moments au bord de la plage. Ce fut une renaissance. La couleur de la mer, le bruit des vagues, les odeurs d'iode et d'algues, le contact du sable... tout réveillait une sensorialité trop longtemps endormie. Il remonta son jean et trempa les pieds dans l'eau. Cet acte anodin devenait en la circonstance extraordinaire.

****

Il rejoignit ensuite l'hôpital Gardiner et rencontra l'équipe qui allait l'accompagner dans sa reconstruction. Tous, médecins, infirmiers, professeurs d'éducation physique, diététiciens, psychologues, allaient le mener sur le chemin de la réadaptation cardiaque, de la réconciliation avec la vie.

****

La cure allait durer trois semaines, les stagiaires étaient répartis par groupe de trois. Le programme était conséquent : cours de diététique, randonnée, vélo de rééducation, thalassothérapie...

Pour les différents intervenants, il ne s'agissait pas d'imposer des conduites rigoristes, mais d'accompagner vers les bonnes pratiques, amener les patients à prendre conscience que tout restait permis, seul l'excès était proscrit. Dans cette optique, la notion de plaisir prenait tout son sens.

La maxime affichée dans la salle de pause le confirmait avec humour : *Au lieu de soi-nier, mieux vaut gai-rire.*

Le temps passa à la vitesse d'un ovni. Des amitiés fortes se tissèrent. Lorsque vint le moment de se séparer, tous ces individus qui souffraient de problèmes cardiaques eurent à cœur de ne pas rompre les liens. Ils prirent l'engagement de randonner ensemble sur les sentiers de cette Bretagne dont ils appréciaient tant la beauté. De belles promesses...

****

Yann put enfin regagner son appartement, retrouver sa Leïla. Pas de fatigue ni d'essoufflement, son cœur nouveau fonctionnait à merveille. Le cauchemar s'éloignait et il savourait chaque instant. Il pouvait se considérer comme guéri, d'après le cardiologue, mais son état de fragilité lui imposait cependant un suivi médical régulier et drastique.

****

La météo du mois d'octobre était clémente. Sa première sortie fut à Saint-Malo *intra-muros.* En cette période, la ville fortifiée n'était plus saturée de touristes et il put arpenter nonchalamment les rues pavées sous l'agréable luminosité du soleil d'automne. Il flâna, visita quelques galeries d'artistes... En fin de journée, il décida de s'offrir une glace. En d'autres temps, c'eut été un petit plaisir, mais en ces circonstances, il s'avérait ô combien grand !... Une longue file d'attente serpentait le long de l'immense devanture du glacier malouin *Sanchez.* Il était d'humeur primesautière, comme un enfant qui s'émerveille de tout. Il fut flatté d'être reconnu. Il avait oublié sa notoriété. Il redevenait un homme public, savourait des bonheurs simples.

Le titre d'une bande dessinée dans la vitrine d'une librairie attira son attention : *La différence invisible.* Il lut le résumé. « *Julie vient d'être diagnostiquée personnalité neuroatypique, après un parcours thérapeutique chaotique. À vingt-sept ans, elle décide de se rebeller contre les convenances de cette société qui la corsète, et de vivre enfin pour elle-même* ». C'était un beau livre, bien relié. L'ouvrage faisait écho à son histoire. Il l'acheta.

****

Yann reprit ses ateliers d'écriture. Ses amis de plume l'accueillirent avec effusion. Il était leur héros qui était parvenu à revenir de *l'autre rive du Styx.* En amoureux des mots, ils l'enjoignirent à écrire sur son expérience traumatique, mais il n'y était pas encore prêt.

Lorsque, plusieurs semaines plus tard, il entendit la proposition d'écriture, il sut immédiatement que le moment était arrivé et laissa son inconscient tracer sa route.

Soixante-neuvième chapitre

Quand l'écriture laisse couler ses mots comme une catharsis

Thème d'écriture : La croisée des chemins.

Je suis revenu de la croisée des chemins.
Il y eut un avant, il y eut un après,
Et entre les deux, un angoissant peut-être,
Où les plateaux de la balance de la vie et de la mort vacillèrent dangereusement.

Tout commença par une infime bactérie qui insidieusement en moi s'immisça.
Elle choisit malignement de s'attaquer à mon cœur,
Tentant de le broyer, le réduire en lambeaux.

L'opération restait mon unique passage,
Et je m'y abandonnais comme ultime issue.
L'anesthésie m'avait ôté conscience,
Et j'avais remis mon âme à la science.
L'infâme microbe ne s'avouait pas vaincu,
Et de sa funeste sape œuvrait à me voler ma vie.

Mon muscle cardiaque encore vaillant s'affola,
Anarchiquement, il se mit à se débattre dans cette corporéité chamboulée.
Le sang qui coulait dans mes vaisseaux semblait en perdition,
Ballotté, éperdu, sans cap, boussole, ni horizon,
Le maître de ma vie, sous le joug de cette vicieuse agression,
Déjà s'imaginait terrassé.

Du fond de mon inconscient, j'ai cru sentir l'odeur âcre de la finitude, la puanteur de la mort.
La technologie assistait artificiellement mon cœur en péril,
Mais c'était mon corps qui tenait mon destin en ses mains.

Pulser et impulser l'envie de vivre,
Ou capituler et me laisser pour l'éternel infini,
Point d'autre alternative de survie.

Mon organe puisa au plus profond de son instinct vital,
Au-delà du réel, par-delà ce qu'il se croyait capable,
Et c'est cellule par cellule qu'il combla ses failles,
Jusqu'à ce que la bactérie défaille,
Et de haute lutte, remporta la bataille.

Le sang se remit à circuler dans mes canaux vivants,
Chaque alvéole de mes poumons s'emplit d'un air vivifiant,
Et c'est tout un être qui se réveillait à l'existence.

Je me suis extirpé des limbes où un sommeil factice
m'avait emporté,
Où j'avais tutoyé la mort, côtoyé le noir absolu.
J'ai ouvert un œil,
Comme un nourrisson j'aurais voulu pousser un cri,
Mais rien ne sortit de ma gorge endolorie,
Juste un goût amer, âcre résidu d'anesthésie,
Mais qui avait le parfum capiteux de l'envie.
Je venais d'accoucher de ma seconde vie.

Les larmes coulaient le long des joues...

Ils se levèrent et enlacèrent Yann de tendresse.

C'était bon, c'était doux, c'était fort. Cela valait tous les antidépresseurs du monde.

Soixante-dixième chapitre

Où Yann met l'aventure politique entre parenthèses

L'épreuve que Yann venait de traverser avait bouleversé sa vision de la vie. Il avait pris conscience que tout pouvait arriver, à n'importe quel moment. Il fallait profiter du présent, car l'avenir pouvait se montrer bien plus incertain qu'on le pensait.

Il décida de mettre sa carrière politique entre parenthèses.

****

À la mairie, son suppléant avait parfaitement assuré l'intérim. Cela faisait de lui un successeur de choix. Le mandat touchait à sa fin et le maire ne se représenta pas, au grand regret des Malouines et des Malouins.

Ce fut le PHR qui remporta les élections et Leïla entra au conseil municipal, comme déléguée à l'écologie. Une petite revanche pour sa fierté.

****

Yann avait envie d'une expérience forte, palpitante dans la société civile, avant de reprendre son ascension politique. Déterminé à bouleverser le monde de l'agriculture biologique, il créa sa propre entreprise, qu'il baptisa *Breizh Bioculture*. Le concept : des produits locaux, cultivés et vendus en circuit court par des Bretons pour des Bretons. Le principe : des commandes via Internet, livrées à vélo-cargo dans un rayon de dix kilomètres autour de la ferme de production. La quasi-absence de logistique coûteuse permettait d'afficher des prix très attractifs. Des partenariats furent signés et des exploitations agréées virent le jour, dans la plupart des cantons de Bretagne. Le succès fut rapide. Yann ne souhaita toutefois pas agrandir sa société au-delà de la région Ouest. Il tenait à conserver l'identité d'une marque à taille humaine.

****

Il avait rangé son écharpe tricolore, troqué son costume et sa cravate pour un jean et un pull, avait mis entre parenthèses sa notoriété. Il lui préférait la simplicité de relations authentiques. Il n'oubliait pas ses ambitions, mais il savait que c'était au travers de ce passage par la terre que germeraient les graines essentielles à la réalisation de ses objectifs. Il mettait sa carrière politique en hibernation… à moins que ce ne soit plutôt de la maturation.

Soixante-et-onzième chapitre

Où la nature reprend ses droits et les dirigeants leur incompétence

Presse Océan, 19 septembre 2038

De gigantesques incendies ravagent le sud de la France, depuis plusieurs semaines. Les parcs nationaux du Luberon et de la Vanoise sont en feu et les pompiers sont impuissants à contrôler les flammes. Les forces de l'ordre ont imposé des évacuations de milliers d'habitants. Fort judicieusement, car quelques heures plus tard, leurs habitations étaient carbonisées. Le gouvernement français se targuait d'avoir un réseau de prévention performant. La terrible épreuve de la réalité a magistralement démontré qu'il n'en était rien. Nos voisins espagnols et italiens ont bien mieux réagi à des phénomènes similaires. Chaque jour, des dysfonctionnements sont relayés par les réseaux sociaux, si bien que le président de la République *Eberel Maturon* a dû sortir de sa réserve pour intervenir sur les chaînes de télévision. *La France doit faire face à une catastrophe d'ampleur inédite, la France est en guerre contre le feu*, a-t-il martelé. Cependant, il n'a pas répondu aux questions que se posent légitimement les Français :

Pourquoi des canadairs prêtés à nos voisins n'étaient-ils pas rentrés en France ?

Pourquoi certains appareils étaient basés à Beauvais, Dunkerque, ou Calais, des zones moins à risques, lorsque le sud de la France était en état d'alerte maximale ?

Pourquoi une partie de la flotte aérienne était-elle en maintenance en cette période estivale critique ?

Tous ces dysfonctionnements ont donné une avance très significative aux flammes. De nombreuses doléances se sont fait entendre : *Nos pompiers se battent avec courage et détermination contre un ennemi indomptable avec du matériel obsolète.*

Ainsi l'on a appris qu'un Canadair ayant décollé de la base d'Istres avait dû atterrir sans avoir largué la moindre goutte d'eau, la faute à un système de largage défectueux.

Après une période de relative union nationale, la colère gronde dans les rangs de l'opposition.

On reproche au gouvernement la baisse drastique des budgets alloués aux soldats du feu.

On reproche au gouvernement l'arrêt de la formation professionnelle des pompiers.

On reproche au gouvernement d'avoir accordé une confiance aveugle au matériel électronique.

Notre confrère, le site *Média apps* a dévoilé que la centrale de prévention des incendies basée à Orange était, au moment des premiers départs de feux, désactivée.

Panne ? Sabotage ? Erreur humaine ? Une enquête le dira, une fois la situation normalisée.

Quoi qu'il en soit, à la suite de ce énième dysfonctionnement, le ministre de l'Écologie a présenté sa démission au chef de l'État, qui l'a acceptée. Pour le remplacer, ce dernier a appelé l'ancien maire de Saint-Malo, Yann Chandelis.

Q.R.

Soixante-douzième chapitre

Où Yann Chandelis revient par la grande porte

Avant d'accepter le ministère, l'ex-maire de Saint-Malo demanda au chef de l'État un aménagement de son temps de travail afin de pouvoir passer une partie de la semaine avec sa femme dans la cité corsaire. Il souhaitait également que celui-ci joue de son influence pour que celle-ci obtienne une mutation au siège parisien du WWF. Cela leur permettrait de s'installer à Paris.

Il n'était plus l'heure pour le président de mégoter. Au vu de la gestion déplorable de la crise des incendies, la conjoncture était critique et *Yann Chandelis* semblait l'homme de la situation. Il accepta une part de télétravail et s'engagea à œuvrer pour le poste de Madame. Satisfait, l'ancien édile malouin donna son accord pour le ministère de l'Écologie. Il remit les rênes de sa startup *Breizh Bioculture* à son directeur adjoint.

****

Il relata à Leila l'excellente nouvelle.

— C'est formidable pour toi, mon amour ! Vivement qu'il obtienne ma mutation à Paris et que l'on puisse habiter ensemble.

— Tu risques de devenir une bourgeoise parisienne !

— Ça m'étonnerait ! Et je compte bien revenir en Bretagne une fois ta mission achevée !

— En parlant de mission, il y en a une dont je me passerais bien !

— Laquelle ?

— Sélectionner une collaboratrice !

— Tu n'as qu'à demander à tes services de le faire !

— Laisser d'autres choisir pour moi ? Non, je ne peux pas, c'est un poste trop sensible. Je crois que je ne vais pas pouvoir y échapper, même si je n'aime pas cela !

— Pourquoi, ça peut être drôle !

— Je me mets à la place de celles qui ne seront pas prises !

— Et pourquoi pas ceux ! ... Tu es trop émotif ! l'expérience ne t'a pas blindé ?

— Pas totalement ! ... Tu n'as pas une idée pour m'aider ?

— Laisse-moi réfléchir... Anne-Sophie, notre copine parisienne de HEP, elle est peut-être disponible ?

— C'est une excellente suggestion ! Merci, ma Leï !

Qu'est-ce que tu ne ferais pas sans ta femme, aurait dit Yves Kéfandelec...

Soixante-treizième chapitre

Où Yann peut se montrer être un humain comme les autres

Yann parvint à joindre Anne-Sophie et lui fit part de sa proposition. Elle se dit enchantée de coopérer avec son ancien camarade d'études, et accepta sans ambages. Il retrouva la jeune femme vive et brillante qu'il avait côtoyée à Lille. Celle-ci prit sa mission à cœur. C'était une excellente exécutante, mais elle savait aussi faire preuve d'initiative lorsque cela se justifiait. En tout état de cause, ils y avaient une grande connivence entre ces deux-là, et Anne-So devint rapidement bien plus qu'une simple collaboratrice. Le travail fini, ils passaient d'agréables moments à se remémorer leur période lilloise et leur escapade en Bohême. Bien que très discrète sur sa vie privée, il comprit que celle-ci était toujours en couple avec son ami Jean-Phi.

****

Des grèves éclatèrent dans les transports parisiens, après plusieurs agressions de chauffeurs de bus. Dès le premier jour, le trafic fut très perturbé.

****

Second jour de grève, au matin.

— Tu es bien rentrée hier ?

— Ne m'en parle pas. J'ai passé plus de deux heures dans le métro.

— Écoute, Anne-So, demain tu dormiras dans mon logement de fonction. J'ai une chambre d'amis.

— C'est extrêmement gentil de ta part, mais je ne peux pas, je ne veux pas abuser !

— Puisque je te le propose, c'est avec plaisir !

Elle laissa planer un moment de silence.

— Bon, d'accord, je te remercie Yann. Tu m'enlèves une belle épine du pied. Mais ce n'est que temporaire. Si le conflit perdure, je chercherai une autre solution.

— Ne te fais aucun souci !

C'est ainsi que le lendemain, elle arriva au ministère avec sa petite valise à roulettes.

— Je crois qu'on ne devrait pas partir ensemble ce soir, sinon ça va jaser !

— Tu as raison, les rumeurs courent vite !

****

Ils choisirent de se retrouver devant les portes du jardin du Luxembourg. Après une balade, ils dînèrent dans une brasserie. Yann régla l'addition.

— Tu es certain que ce soit vraiment une bonne idée de dormir chez mon patron ?

— Tu vas rester ici cette nuit et demain, je demanderai à mes services de te trouver une solution !

****

— Quel cachet, cet appartement ! Ça vaut le coup d'être ministre !

— Voilà ta chambre. Fais comme chez toi !

Anne-Sophie entra dans la salle de bains et prit une douche. Elle en ressortit quelques minutes plus tard, vêtue d'une nuisette rouge, sexy et raffinée. Celle-ci mêlait habilement satin et dentelle. Sur le devant, l'échancrure descendait jusqu'au nombril. La tenue s'évasait à hauteur du bassin et finissait juste au-dessous des fesses. Jouant des transparences, l'ensemble laissait deviner des formes généreuses. Ce négligé était un incubateur à fantasmes.

Yann, quand il la vit, sentit son rythme cardiaque s'accélérer. Troublé, il reconnut cette tenue. Sans ménagement, elle le ramenait une dizaine d'années auparavant.

****

Escapade dans le passé. Séjour de fin d'études en République tchèque, juin 2031

Après avoir traversé plaines et forêts de *Bohême*, le groupe d'étudiants franco-tchèques avait rejoint la petite ville d'*Horni Plana*, située au bord d'un méandre du *Lac Lipno*. Ils s'étaient baignés, puis rendus dans une auberge à l'écart de la bourgade.

C'était là qu'ils avaient réservé cinq chambres. C'était la seule étape de confort. Il devait y rester deux jours. Pour le dîner d'hôtes, la patronne leur avait préparé un copieux *goulasch*. En fin de repas, l'aubergiste fit découvrir aux Français la *Becherowka*, une boisson alcoolisée tchèque aux épices. Ils en avaient tous abusé et se sentaient dans un état cotonneux au moment d'aller se coucher.

****

Il était déjà bien tard. Leïla prenait une douche, et Yann rangeait ses affaires. Il paniqua en ne trouvant plus son appareil-photo, mais se rappela rapidement qu'il l'avait confié à Jean-Phi avant la baignade. Il sortit et frappa à la porte de la chambre voisine. Il entendit un « *oui* » et entra. Il resta en arrêt devant le spectacle qui s'offrait à lui.

Anne-Sophie était vêtue d'une nuisette très sexy en satin rouge. De la dentelle couvrait sa poitrine et le haut de ses bras, laissant deviner ses formes. Le décolleté était plongeant. Le déshabillé recouvrait à peine ses fesses. Il balbutia une excuse confuse et referma la porte, oubliant l'objet de sa venue, ses hormones sens dessus dessous. Cette nuit-là, alors qu'il faisait l'amour à Leïla, l'image d'Anne-So et de sa tenue terriblement érotique le hanta.

Retour au présent, Paris 22/11/2038

Voilà qu'aujourd'hui Anne-Sophie faisait à dessein remonter ces souvenirs du plus profond de sa mémoire, comme les saveurs d'une madeleine de Proust qui réinvestissaient sa conscience.

****

— Anne-So, je crois mal comprendre… ou plutôt trop bien. Tu sais bien que je suis en couple avec Leïla. Toi, tu es avec Jean-Phi, non ?

— Excuse-moi, Yann… je t'ai menti, par omission… nous ne sommes plus ensemble. Notre connivence au travail est si intense… j'ai cru que… que tu serais prêt à un petit écart parisien.

Il allait répondre, lorsque son smartphone sonna. Dans la précipitation, il bloqua la caméra de son portable. Anne-Sophie comprit immédiatement et s'esquiva dans sa chambre.

****

— Pourquoi as-tu refusé mon appel vidéo ?
— Je... ne sais pas. Un souci technique, je verrai cela demain avec le magasin...
— Tu me parais tendu, je l'entends à ta voix... tu es seul ?
— Bien sûr que oui... C'est que j'ai attrapé froid et que je commence à sentir des maux de gorge.
— En plein été ? Alors je ne vais pas mettre tes cordes vocales à rude épreuve, je te laisse. Bonne nuit !

Et elle raccrocha.

Il ne sait pas mentir. Il y a quelque chose qu'il cache, c'est évident.

Elle lui avait toujours fait confiance, mais face à cette situation, le doute s'immisçait sérieusement. Elle n'avait pas voulu faire d'esclandre au téléphone, elle préférait régler cette affaire en tête à tête. Avant, elle mènerait son enquête.

****

Anne-Sophie revint dans le salon, elle s'était rhabillée et portait son blouson en jean.
— Je me suis mal comportée, excuse-moi. Je n'ai pas envie de te créer de problèmes, je n'aurais jamais dû accepter ta proposition. Je me suis fait des films... Je m'en veux... Je pars me chercher une chambre d'hôtel.

— Il est bientôt minuit, tu ne vas pas sortir à cette heure. Tu vas dormir ici cette nuit et demain je te trouverai un hébergement dans le quartier.

— Je te remercie, pardonne-moi…

Des larmes coulèrent le long des joues d'Anne-Sophie. Il lui souhaita une bonne nuit. Il se coucha, mais le sommeil eut du mal à le gagner. Le souvenir de son assistante dans sa nuisette en satin rouge le tenaillait, elle était si séduisante. Et elle était là, de l'autre côté de cette simple cloison. Peut-être était-elle éveillée, peut-être attendait-elle qu'il frappe, peut-être allait-il le faire ? Il était bouleversé, ses hormones faisaient le charivari entre ses sens, son cœur et son cerveau. Son taux de testostérone grimpait en flèche. À plusieurs reprises, il se leva. À plusieurs reprises, sa conscience le ramena au lit. Il finit à grand-peine par s'endormir. Cette nuit-là, il fit des rêves étranges et érotiques.

****

Leïla mena son enquête. Le concierge de l'hôtel particulier lui confirma que le ministre était bien monté à son appartement avec une femme le soir où elle l'avait appelé. Elle ne parvint pas à en savoir plus, mais c'était déjà amplement suffisant. Dès que Yann fut de retour à Saint-Malo, elle lui exposa d'emblée le résultat de ses recherches. Celui-ci expliqua la situation (omettant toutefois d'évoquer le comportement équivoque de son assistante, ainsi que son trouble à lui) : la grève, les tracas d'Anne-Sophie pour rejoindre son domicile, sa proposition d'aide.

— Pourquoi tu ne m'as pas tout raconté ?

— Je craignais que tu t'imagines des choses…

— Eh bien, c'est réussi. Heureusement que j'ai confiance en toi !

— Excuse-moi, ma Leï, je suis désolé...

Il fit de gros efforts pour pardonner son attitude à Anne-Sophie. De son côté, celle-ci était très mal à l'aise. Le temps pansa les plaies. La jeune femme demeura une excellente assistante ministérielle. Mais certains soirs, le fantasme d'Anne-So en nuisette raffinée sexy revenait peupler l'imaginaire de Yann.

Soixante-quatorzième chapitre

Où Yann est un ministre apprécié et l'on découvre Leïla coachant son mari

Le ministre de l'Écologie sortait d'une concertation avec les syndicats. Il venait de faire le point sur les dossiers liés à l'environnement. Il avait d'abord écouté, puis exposé les avancées qu'il avait, après d'intenses négociations, obtenues des ministères de l'Économie et du Budget, les achoppements qui subsistaient.

****

Les discussions avaient été riches. La réunion finie, elle s'était prolongée de façon informelle. Yann s'apprêtait à partir lorsqu'Étienne Petitpas, le président de France Rurale, l'interpella.

— Bravo, monsieur le ministre, pour votre politique de subventions aux paysans. Si tous vos collègues du gouvernement étaient aussi impliqués et compétents que vous, la France se porterait mieux. C'est un homme comme vous qu'il nous faudrait à la tête du pays !

— Je vous remercie, répondit Yann.

Rentré à l'appartement, il relata à Leïla la petite phrase du syndicaliste.

— Je suis fier de toi, mon amour ! C'est peut-être un signe. Je suis sûre qu'il n'a pas tort !

— Pour l'instant, je me sens bien dans ce ministère. Je n'ai pas de pression, je suis libre !

— Je suis persuadée que tu ferais un excellent président et que tu saurais garder ta liberté d'acte et de parole

– Ne cherche pas à précipiter les choses, ma chérie !

– Et toi, ne te mets pas à ronronner ! Je t'aime en conquérant !... En arrivant au sommet de l'État, tu seras un modèle, tu pourras œuvrer pour le droit à la différence et mener ton combat pour l'écologie !

– Tu ferais un bon coach, ma belle !

Soixante-quinzième chapitre

Où une organisation syndicale met des bâtons dans les roues du ministre de l'Écologie

Le nouveau ministre s'était fixé un objectif : *promouvoir une agriculture biologique française de qualité, à un coût concurrentiel.* Objectif ambitieux si l'on considère le manque d'harmonisation des salaires, des taxes, de protection sociale entre les États européens. Sans compter que certains pays s'étaient lancés dans une production industrielle que l'on pourrait résumer en une phrase : *Du bio (relativement) médiocre à un prix (relativement) modique.*

Le ministre commença par une vaste concertation. Au menu de celle-ci, les subventions pour la conversion à l'agriculture biologique. Après plusieurs journées d'échanges âpres et passionnés, un accord fut trouvé et ratifié par quatre des cinq grandes organisations agricoles. Seule la très conservatrice Fédération paysanne de France ne valida pas le texte. Celle-ci étant très liée l'Office Populiste Français, parti extrémiste qui se caractérisait par ses actions musclées, cela expliquait son choix. Cherchant à démanteler le compromis, la FPF [3] utilisa tous les moyens procéduriers à sa disposition. Ainsi, elle saisit le service de répression des fraudes, pour non-respect des provenances françaises. L'argument fut jugé recevable et une campagne de contrôles fut mise en place.

L'exploitation *Breizh Bioculture* fut épinglée : les enquêteurs y trouvèrent des tomates en provenance

3. Fédération paysanne de France

d'Espagne, reconditionnées en production française. L'organisation paysanne passa, sans attendre, à l'attaque et demanda la condamnation de l'entreprise, réclamant l'analyse scrupuleuse des comptabilités. Elle insinua ouvertement des malversations.

C'est ainsi que des experts mirent à jour un important virement d'origine espagnole sur le compte personnel de Yann Chandelis. L'information, avant d'être vérifiée, avait déjà fuité et l'organe de presse indépendant *média apps* somma le ministre de s'expliquer.

– Je n'ai rien à cacher. Ces sommes proviennent d'un héritage. Je présenterai à la justice les documents qui prouveront mon innocence.

Mais le mal était fait, et le potentiel candidat à la présidence de la République perdait quinze points dans les sondages.

****

Quelques mois auparavant…

Le téléphone sonna dans le bureau du PDG de *Breizh Bioculture.*

– Monsieur Chandelis ?

– Lui-même.

– Bonjour, je suis Maître Warshavski. Je vous appelle de Tel-Aviv. J'ai été nommé administrateur testamentaire de Monsieur Benjamin Bernbaum. Son décès remonte à plusieurs mois, mais j'ai eu du mal à vous retrouver. Veuf et sans enfant, vous êtes, votre père et vous, sa seule descendance.

– Un héritage ?

– Absolument, Monsieur.

– Et sur quoi cela porte-t-il ?

– Vous allez hériter notamment d'une somme de 250 000 euros et d'un appartement à Tel-Aviv.

– Vous comprenez que je sois abasourdi par cette nouvelle !

– Absolument. C'est la réalité parfois abrupte des héritages. Je vais vous laisser avec ma secrétaire. Elle pourra vous apporter toutes les précisions que vous souhaitez. Vous réglerez ensemble les formalités administratives. Je vous souhaite une bonne journée, Monsieur Chandelis.

****

Devait-il croire à cette histoire ? Il appela son père. Celui-ci avait été également contacté par l'avocat israélien.

– Bernbaum, c'est le nom de jeune fille de ta mère ! Tu te souviens du livre de ton aïeul, qui a été déporté à Auschwitz et qui était devenu PDG des usines automobiles Talbot. Benjamin était son fils qu'il avait eu après la guerre. Ils avaient émigré en Israël.

– De l'argent qui tombe du ciel… j'ai encore du mal à y croire !

– De Terre sainte, tu veux dire ! Remets-toi, je suis sûr que tu trouveras un bon usage à faire de cette somme…

****

Quelques mois plus tard, sous les flashs des journalistes, le ministre de l'Écologie présentait à la presse tous les documents officiels qui le mettaient hors de cause dans l'affaire *Breizh Bioculture.* Ses avocats mirent en avant des incohérences dans le dossier de l'accusation. En effet, l'on ne trouva dans la comptabilité aucune trace de factures d'achats à l'Espagne. Comment se pouvait-il que des tomates que l'entreprise n'avait pas achetées se retrouvent dans ses locaux ? Les hommes de loi y virent une faille et creusèrent la piste. C'est ainsi qu'ils remontèrent à une action violente des militants de la FPF. Quelques mois plus tôt, ceux-ci avaient fait irruption dans une exploitation de *Breizh Bioculture*, haranguant les ouvriers, avant d'être délogés par la police. Une analyse minutieuse des enregistrements des caméras de surveillance dévoila un élément qui avait été jusqu'alors occulté. On y voyait des membres de la FPF, casquette enfoncée sur la tête, profitant de la situation confuse pour introduire des cagettes de tomates dans les entrepôts. C'était la preuve qu'une cabale avait été montée pour nuire à la marque bretonne et par contrecoup au ministre de l'Écologie.

L'organisation agricole chercha à se défendre en avançant que c'étaient des actes isolés, qu'elle ne pouvait en rien être tenue responsable d'actions inconsidérées de ses militants. Elle ne convainquit pas les juges et fut contrainte à verser une somme importante de dommages et intérêts à la société *Breizh Bioculture* et à la personne morale Yann Chandelis. La FPF fit appel. Mal lui en prit. Le second procès décida de sa dissolution pure et simple.

****

Et c'est ainsi que le ministre de l'Écologie gagnait 18 points d'intention de vote dans les sondages. Mais Yann savait maintenant que certains n'hésiteraient pas à employer les manières les plus viles pour lui mettre des bâtons dans les roues.

****

Le téléphone sonna dans le bureau du ministre.

— Bonjour, Yann. C'est le chef de l'État à l'appareil. J'ai appris le verdict du jugement de la FPF. J'étais persuadé que vous étiez innocent. J'ai toujours eu confiance en vous, vous êtes un pur. Ne vous laissez pas impressionner par les brebis galeuses qui chercheront à vous nuire, soyez toujours vigilant et irréprochable. Mais je ne vous appelais pas pour cela. J'ai une excellente nouvelle pour vous, un poste va se libérer d'ici quelques semaines à la WWF Paris et je l'ai fait réserver pour votre femme. Vous pourrez vous installer complètement à Paris. Cela facilitera votre vie de famille. Je vous tiens au courant et vous souhaite une bonne journée.

— Je vous remercie infiniment, Monsieur le Président !

Soixante-seizième chapitre

Où l'on voit le ministre Yann Chandelis prendre ses responsabilités

Presse Union, 12 novembre 2040

Le ministre de l'Écologie vient de présenter sa démission au chef de l'État afin d'entrer dans la course à la présidence de la République. Ce n'était qu'un secret de Polichinelle.

Nous ne pourrons que regretter son départ. Yann Chandelis a en effet été excellent à son ministère. Il est arrivé dans une période difficile, après l'épisode dramatique des gigantesques incendies de 2038. Il a brillamment répondu aux attentes, en apportant de la cohérence au discours gouvernemental, en restructurant en profondeur les protocoles de prévention des risques environnementaux, en rétablissant la formation professionnelle des pompiers. Force est de constater que la leçon a été retenue. Les étés suivants se sont passés sans incident majeur alors que les conditions climatiques étaient assez similaires. Cet homme habile a placé l'écologie au centre des préoccupations de l'État. Il a réussi là où un autre grand ministre, Marc Jafred, avait échoué une vingtaine d'années auparavant. Ainsi, il a su s'imposer, se montrant intransigeant, notamment face à ses collègues de l'Économie et de l'Agriculture. On se souviendra longtemps de sa lettre ouverte au géant américain des herbicides, Monsanto. Il restera dans l'histoire comme un homme droit, habile et différent. C'est maintenant un véritable casse-tête pour le président de la République de trouver un successeur à sa hauteur.

Nul doute que la maestria avec laquelle il a dirigé son ministère, sa popularité, va le propulser au rang de grand favori pour l'Élysée.

K.W.

Soixante-dix-septième chapitre

Où Yann doit affronter une campagne délétère

Le ministre de l'Écologie présentait un tel bilan positif que ses adversaires étaient dans l'incapacité de l'attaquer sur son action. Dès lors, ils choisirent une option bien plus nauséabonde pour le détruire : exploiter son syndrome neuroatypique. Pour cela, ils remirent à l'ordre du jour l'appellation d'autisme Asperger, qui avait une connotation bien plus anxiogène pour un public non averti. Des politiciens de Droite comme de Gauche, avides de revanche, de jalousie et de pouvoir, unirent leurs forces, leur argument clé était que la forme légère des TSA [4] était mentionnée dans le DSM [5] VIII, ouvrage de référence en matière de nosographie psychiatrique. Or, un candidat à l'élection présidentielle ne doit présenter aucun trouble psychique, c'est la loi. De ce fait, Monsieur Yann Chandelis était dans l'incapacité de prétendre au suffrage suprême. Le Conseil des Sages de la République se réunit et confirma la sentence.

Ses adversaires avaient gagné. Ils étaient parvenus à éliminer un concurrent, honnête et différent. Ils jubilaient. Ils allaient une nouvelle fois se retrouver entre politiciens retors, et continuer à manigancer *coups bas et manœuvres tordus.*

****

4. Trouble du spectre de l'autisme
5. Diagnostic and Statistical Manual of Mental Disorders

Ils n'avaient cependant pas prévu le poids du peuple qui trouva là l'occasion de se soulever contre ces politiciens corrompus. Dans toutes les grandes villes de France, des manifestations eurent lieu, en soutien au candidat Yann Chandelis. Les mobilisations, loin de s'épuiser avec le temps, ne firent au contraire que croître. Des collectifs se créèrent un peu partout en France. Une lettre ouverte au chef de l'État fut rédigée. Elle visait à le mettre face à ses incohérences : comment avait-il pu nommer un ministre de l'Écologie, en avoir une totale satisfaction et lui interdire de se présenter à l'élection présidentielle ? Celui-ci organisa une conférence de presse où il loua les qualités exceptionnelles de son ministre, son bilan sans faille. Mais il dut admettre que la loi était la loi. La décision du Conseil des Sages de la République était irrévocable.

****

Alors il se passa ce qui malheureusement arrive quand les citoyens ne se sentent pas écoutés. La violence s'invita dans le débat. Du mobilier urbain fut saccagé, des vitrines brisées et des magasins pillés. Confrontés à ces manifestations qui prenaient des proportions hors normes, les députés de l'Assemblée nationale se réunirent en urgence et demandèrent à une imposante majorité aux Sages de revoir leur position. Sous la pression, ceux-ci reconnurent la spécificité de la forme légère des TSA et nommèrent un collège de spécialistes. Le candidat Chandelis dut subir la passation de nombreuses batteries de tests. Il obtempéra sans sourciller. Ce fut quand les items montèrent en difficulté qu'il éblouit les membres du jury par sa culture et son intelligence. Puis, vinrent les épreuves projectives, avec l'indémodable Rorschach [6].

6. Test projectif de psychologie de référence.

En cette circonstance particulière, Yann Chandelis, personnalité neuroatypique, réussit à dépasser une valeur fondamentale, l'impératif de vérité. Il parvint à donner au psychologue l'interprétation que celui-ci souhaitait entendre, et non ce qu'il pensait réellement. Les experts ne purent que reconnaître ses exceptionnelles capacités intellectuelles et facultés d'adaptation.

Il présentait donc tous les prérequis pour être candidat à l'élection présidentielle. La nouvelle se répandit, à la vitesse d'un cheval au galop. Ce fut la liesse. Le peuple avait réussi à terrasser ce monde politique hermétique. Le soir, au journal télévisé, le prétendant à la fonction suprême remercia tous ceux qui s'étaient mobilisés en sa faveur.

****

La vraie campagne pouvait commencer, et ce fut bilan contre bilan, projet contre projet. Et dans ce domaine, l'ancien ministre était inattaquable. Au cours des nombreux débats, certains journalistes cherchèrent à le mettre en difficulté, mais aucun ne parvint à le prendre à revers. Et c'est en toute logique qu'il se présenta en grandissime favori devant les Français.

Soixante-dix-huitième chapitre

Où Yann revit (presque) la même journée, 10 ans plus tard, et ce qui fut différent

C'était le dimanche 21 mai 2042, second tour de l'élection présidentielle.

Yann se souvenait du jour où il avait été élu maire de Saint-Malo.

Tout comme 10 ans auparavant, il se réveilla tôt. Un beau soleil perçait au travers des rideaux. Il n'était que 7 h 50. Leïla dormait à ses côtés. Elle était si belle, il posa un baiser sur son front. Précautionneusement, il s'extirpa de sa couette, et se dirigea vers la salle de bains. Il entra dans la cabine de douche et laissa le jet brûlant lui éveiller le corps et l'esprit. Puis, il se rasa de près. Il s'installa dans la cuisine, se fit un café, alluma la radio. *Jingle d'Europe 1.* Il était 8 h 30. Albert Diallo présentait le journal.

Bonjour à ceux qui se lèvent tôt le dimanche. Vous prenez peut-être votre petit déjeuner. Nous sommes aujourd'hui le 21 mai et c'est jour d'élection présidentielle. Près de 50 millions de Français sont appelés aux urnes pour élire leur président de la République.

Comme 10 ans auparavant, il enfila son costume et descendit voter. Il faisait bon, il apprécia cette petite marche matinale. Il fit son devoir électoral. Une nuée de journalistes immortalisa le moment. Puis, il rentra à l'appartement, ôta son complet et mit un jogging. Leïla était déjà levée.

Comme 10 ans auparavant, sa compagne lui avait préparé son breakfast à l'anglaise : œufs sur le plat, bacon grillé, thé, jus d'orange.

Mais là s'interrompait la ressemblance avec le 27 mai 2032, jour où il avait été élu maire. Yann aurait bien voulu randonner à vélo, déjeuner en amoureux, ramasser des huîtres... mais, sa notoriété, l'ampleur de l'évènement ne le permettait plus.

Comme 10 ans auparavant, il se rendit au siège du PEF de Saint-Malo à 17 h 15.

Comme 10 ans auparavant, il n'y crut pas lorsque son conseiller en communication déboula pour lui annoncer qu'il était en tête.

Mais contrairement à ce qui s'était passé 10 années plus tôt, ce n'était plus quelques supporters, quelques curieux, quelques badauds qui étaient amassés au bas de l'immeuble du PEF, mais une foule indisciplinée, joyeuse et bigarrée.

Alors, le probable futur président s'isola dans un bureau, pour faire baisser la tension. Il ouvrit son cartable de cuir noir, en sortit un bloc et un stylo. Il se mit à écrire son dernier texte d'homme libre de ses paroles. Quoique...

Certains aspirent à m'épouser,
Sans souvent parvenir à me trouver,
Je ne suis pas un amant facile, j'aime à me faire désirer.
Je veux qu'on m'honore pour ce que je suis,
Viscéralement, organiquement, magnifiquement...
Dans la brume des désirs, je chatoie, je scintille,
Comme un phare, un sémaphore...
Mais quand on croit enfin m'avoir attrapé,
J'aime à filer entre les doigts...
Je suis le roi de la poudre d'escarmouche, malheur à celui qui trop me touche,
J'ai du pouvoir, je m'en amuse et j'en abuse.
Gare, je grise à perdre la raison,
Jusqu'à oublier toute notion,
Jusqu'à la passion, la folie, la déraison...
Parfois je pense, j'ai un cœur de pierre,
Que j'en ai marre qu'on me vénère.
Moi, vous me croiriez, j'aurais apprécié être Banalité,
Ou bien même Sincérité,
Vivre de choses simples, bien rire entre compères...
Mais je ne suis que le Succès,
Et quand on fait semblant de m'aimer,
Ce n'est que trop souvent pour essayer de me manipuler...

Yann Chandelis

Soixante-dix-neuvième chapitre

Où l'on découvre le nom du nouveau président de la République française

En ce 21 mai 2042, le candidat Yann Chandelis vient d'être élu président de la République avec 60 % des voix au terme d'une campagne où l'ancien ministre de l'Écologie n'a pas été épargné. Mais aucun de ses adversaires n'est parvenu à le prendre en défaut.

****

Nombreux furent les messages de félicitations. Les plus sincères comme les plus hypocrites. Ceux sans arrière-pensées et ceux des arrivistes qui lorgnaient un poste. Il y eut les petits mots des amis, il y eut les larmes de ses parents qui eurent du mal à se tarir, il y eut le mail de sa grand-mère.

Mon Yannouche,

Lorsque j'attendais les résultats devant ma télévision et que j'ai vu apparaître ton visage sur l'écran, j'ai senti mes yeux s'humidifier et les larmes se sont mises à couler. Oui, ça pleure aussi, une vieille bonne femme, ça a encore des émotions. C'était une rivière... de bonheur qui ruisselait le long de mes joues. Dès que je me suis calmée, je n'ai alors eu qu'une envie : me rendre sur la tombe de ton grand-père. Oh, il aurait été fier. Je l'entends parler de toi, quand tu étais haut comme trois pommes : « Celui-là, disait-il, il a un Yiddishe Kopf, une tête juive, il ira loin ». J'ai enfilé ma veste, pris ma canne, appelé un taxi. Il m'a conduit au cimetière de Pantin. Je me suis rendu à sa sépulture, dans le petit carré israélite. Il m'attendait. J'ai fermé les yeux et je lui ai tout raconté, un flot de paroles ininterrompues. Je sentais sa présence par tous les pores de ma peau, c'était comme s'il m'étreignait, très fort. J'ai perçu son intense satisfaction, son immense admiration à ton égard. J'ai fini par le laisser. Le taxi m'attendait. La nuit commençait à s'installer. Je suis rentrée dans mon appartement, j'ai rallumé mon téléviseur et je ne me suis pas lassée de te regarder. Et tout mon corps était gagné par une onde de bonheur...

Encore toutes mes inestimables félicitations,

Ta grand-mère, qui t'adore plus que tout.

Épilogue

Les Français m'ont choisi pour exercer les plus hautes fonctions, moi, la personnalité neuroatypique. Quelle revanche pour l'adolescent perturbé que j'étais ! J'ai été élu parce que j'ai su convaincre. Ma gestion exemplaire de la Ville de Saint-Malo et du ministère de l'Écologie a joué en ma faveur. Pour le peuple, je représente l'antithèse de l'homme politique, cet être à l'ego surdimensionné, imbu de lui-même, et détaché de la réalité, laissant les décisions impopulaires à d'autres. Moi, je fonctionne différemment, je préfère écouter plutôt que m'écouter, c'est ma nature. Ensuite, j'analyse et j'agis pour le bien commun, car je suis quelqu'un de profondément honnête, altruiste, qui érige la justice en valeur suprême. Si j'échoue dans ma mission, je sais que j'aurais donné le meilleur de moi-même. Quoiqu'il en soit, président ou simple citoyen, je resterai un humaniste, un fervent défenseur de l'écologie.

****

« Croyez en vos rêves et ils se réaliseront peut-être. Croyez en vous et ils se réaliseront sûrement »

Telle était la devise de Martin Luther King. J'ai souhaité me l'appliquer, j'espère y être parvenu, un peu.

Ma réussite, ami lecteur, pourrait vous faire croire que tout a été simple et que d'un coup de baguette magique, j'ai atterri dans le monde des neurotypiques. Détrompez-vous. Tous les autistes Asperger, puisqu'on nous appelle encore ainsi, ont leur part d'ombre et de lumière. J'ai eu la chance de rencontrer de belles personnes qui ont su magnifier ma partie lumineuse. Mais ce n'est que le sommet de l'iceberg. Mes ténèbres existent, elles sont sous-jacentes. Certes, je les ai domptées, mais à quel prix ? Mon cerveau, hyper performant dans bien des domaines, est déficient quant au traitement de l'information. Pour lui, tout est fondamental, et c'est mon raisonnement conscient qui doit constamment faire le tri entre l'important et le futile. Je vous assure, c'est épuisant. J'ai réussi, à force d'abnégation, à brider mon mental atypique. Je me suis créé de nouveaux schémas de fonctionnement. Tout n'a pas été facile, mais être arrivé au sommet de l'état en préservant ma différence, c'est le plus beau cadeau que j'ai pu me faire. Je suis convaincu que tout individu présentant une particularité peut, avec de la volonté, l'aide et l'amour de son entourage, parvenir un peu plus haut, un peu plus loin.

****

Bonheur suprême, je voudrais le crier au monde, Leïla attend un enfant.

****

Le téléphone sonna et me fit redescendre de mon nuage doré.

— Allo, mon Yannouche ?

— Ma-Lou, comme je suis content de t'entendre, j'ai la plus grande des nouvelles à t'annoncer !

— Ne me dis pas... Ta femme ne serait pas enceinte ?

— Comment as-tu deviné ?

— Les grands-mères ont un sixième sens ! *Mazeltov*[1], tu ne peux pas savoir comme tu me combles de joie ! Tes parents sont au courant ?

— Non, je viens de l'apprendre. Tu es la première à être dans la confidence !

— Ne les fais pas languir, mon trésor. Depuis le temps qu'ils attendent ça ! Mais avant, j'ai quelque chose à te demander.

— Rien de grave, j'espère !

— Oh, non ! Tu sais que je suis la présidente d'honneur de l'association des Enfants cachés du Chambon-sur-Lignon !

— Comment pourrais-je oublier l'acte de bravoure de ce village et sa région ?

— Le siècle de sa libération arrive dans quelques mois. J'aimerais être honorée par ta présence.

— C'était prévu à mon agenda !

— Je veux que cela soit grandiose.

— Ne t'en fais pas, mamy, tous les services du ministère sont sur le coup !

— Formidable ! Alors, je t'embrasse de tout mon cœur, mon *Yankele*, comme t'appelait mon David.

— Moi aussi, Ma-Lou.

— Informe vite tes parents pour leur annoncer la grande nouvelle !

Il raccrocha. Songeur, il pensa à son grand-père qui était parti trop tôt, à l'action héroïque de son aïeul, le pasteur Trocmé.

1. Expression hébraïque utilisée dans la communauté juive. Synonyme de félicitation.

Journal télévisé de France Une, 6 juin 2045

— Bonjour, Marc, vous m'entendez ?

— *Absolument, Kévin !*

— Vous êtes en direct pour fêter le centième anniversaire de la libération du Chambon-sur-Lignon. Un village particulier, il me semble ?

— *Oui, cette bourgade de Haute-Loire, d'obédience protestante, s'est très tôt rebellée contre l'occupant nazi et est venue en aide à de nombreux enfants juifs.*

— Une personnalité de marque est présente, je crois savoir...

— *Tout à fait, Kévin, je vois que vous êtes bien informé. Il s'agit du chef de l'État. Son grand-père y avait trouvé refuge entre 1942 et 1945. Il est accompagné de la présidente d'honneur des Enfants cachés du Chambon sur-Lignon qui n'est autre que sa grand-mère. Celle-ci est la fille du pasteur Trocmé, l'homme qui avait été à l'origine de l'acte de résistance. Trois générations, vraisemblablement quatre, sont ainsi réunies autour du chef de l'État : sa grand-mère, ses parents et son épouse qui semble avoir le ventre bien arrondi.*

— Notre président attendrait un heureux évènement ?

— *On ne peut rien vous cacher, Kevin !*

— Les festivités vont être grandioses, je suppose...

Saint-Malo, le 12/11/2045

Assis à mon bureau, je suis au septième ciel. Je suis papa. Ma femme vient de me donner un fils. Nous l'avons appelé David, en hommage à mon grand-père. Il va poursuivre la lignée des Chandelis.

Nous rentrons d'un week-end chez mes parents. Si vous aviez vu le bonheur dans le regard de mon père, j'en ai les larmes aux yeux. Et maman, qui s'est mise à pouponner... Ma Ma-Lou était là. Toute la famille réunie dans une sérénité extatique...

****

Saint-Malo, le 21/05/2046

Quatre ans sont passés, la fin de mon quinquennat approche. C'est le temps des bilans. En commençant cette mandature, j'avais deux objectifs à cœur : l'environnement, mon essence profonde, et la santé, la psychiatrie en particulier, du fait de ma particularité.

J'ai essayé d'accomplir le maximum pour la planète. Mon gouvernement a œuvré pour le développement des énergies propres, a lancé la construction de centrales solaires dans le sud de la France. Je me suis engagé pour le bien-être animal, ai fait rédiger une charte d'éthique des abattoirs. Ces réussites en matière de politique environnementale n'auront peut-être été qu'une goutte d'eau, mais elles ont eu le mérite d'exister. Un regret, j'ai échoué à imposer une agriculture biologique à prix raisonnable. Le public était prêt à payer un surcoût acceptable pour bénéficier d'une alimentation saine, mais trop de lobbies tiraient chacun de leur côté et, par leurs attitudes sectaires, empêchaient les avancées.

Ma réforme des hôpitaux a été un succès. Nous avons rouvert des services, augmenté les quotas de soignants, revalorisé les salaires. Celle de la psychiatrie fut en revanche un échec. Nous étions pourtant convaincus, mes ministres et moi, que la médecine de santé mentale ne pouvait être réduite à une simple spécialité, qu'il fallait y introduire de la transversalité dans ses enseignements, densifier le cursus en psychologie, afin d'être en mesure de traiter l'humain. Mais le corps médical n'était pas prêt à de tels changements, il y avait trop d'enjeux de pouvoir.

Plus généralement, le rôle de président est d'une extrême complexité dans nos économies mondialisées. J'ai eu des décisions difficiles à prendre, celles où la géopolitique ne me laissait pas le choix, où j'ai parfois dû opter pour une solution par défaut. J'ai toujours soupesé le pour et le contre et essayé de faire du mieux pour mon pays.

J'aurais tellement aimé faire plus.

L'avenir montrera si mon action a œuvré à l'évolution significative des consciences. Personnellement, j'ai atteint mon objectif, je suis parvenu à la tête de l'État. C'est l'éclatante démonstration que **la différence peut être une force**.

Fin

Remerciements

Le fabuleux voyage que vous êtes sur le point de quitter a maturé pendant quatre années avant de voir le jour. Quatre ans, c'est la période de gestation du requin à collerette. Frédéric Ciriez, formateur à l'École des Mots et Christine Leang, directrice de l'Atelier By Christine, ont œuvré, chacun à leur manière, à la fécondation initiale. Le premier en m'écoutant, me conseillant, m'insufflant la si précieuse confiance, la seconde en m'apportant les bases techniques permettant de canaliser mon imaginaire parfois (trop) débordant. De nombreux lecteurs sont intervenus à tous les stades d'évolution et ont participé, par leurs remarques judicieuses, au bon déroulement du processus. Ma sœur de cœur, Mariem Raïss, avec son énergie positive vivifiante, a veillé à maintenir la vitalité créatrice à température idéale. Sandrine Decroix, relectrice professionnelle, a aidé à la cohérence du développement de l'être en devenir. Patricia Grauxrouze, enseignante et correctrice à la retraite, a apporté les dernières modifications et mises en forme, préparant de la plus belle des façons la venue au monde du requineau littéraire. L'accouchement a eu lieu à la maternité de mots Librinova. Je vous remercie, toutes et tous, du plus profond de mon cœur.

Dépôt légal avril 2024

Librinova

www.librinova.com

Achevé d'imprimer chez SoBook le 20-05-2024
Linselles - France

Nos papiers sont issus de forêts gérées durablement

N° impression : 911 870